Tiefe Wasser

Eine Kurzgeschichtensammlung
von

Ingo Spang

Bibliografische Information der Deutschen
Nationalbibliothek:
Die Deutsche Nationalbibliothek verzeichnet
diese Publikation in der Deutschen
Nationalbibliografie; detaillierte
bibliografische Daten sind im Internet über
http://dnb.dnb.de abrufbar.
© 2021 Ingo Spang
Herstellung und Verlag: BoD – Books on
Demand, Norderstedt
ISBN: 978-3-7557-5117-5

Inhaltsverzeichnis

Liebe Leserinnen, liebe Leser,

an dieser Stelle möchte ich mich herzlich bei Ihnen für den Kauf meiner Kurzgeschichtensammlung bedanken!

Ein großes Dankeschön geht an diejenigen, die mich jahrelang begleitet, unterstützt und ermutigt haben, niemals mit dem Schreiben aufzuhören.
Ohne euch hätte ich dieses Projekt niemals zustande gebracht. Ihr seid die Besten!

Spezieller Dank geht an:
meine Familie & Schwiegerfamilie:

Marie, Paul, Emil, Gunter, Gudrun, Heiko, Alexandra, Maximilian, Nina, Viktoria und René Spang

Elke, Lisa, Piya & Bernd Mros

sowie:

Alexander Braschwitz & Franziska Franke
Marco & Simone Urbanski
Martin & Margareta Gramlich
Mathias & Franziska Ehlers
Claus & Catharina Fleczoreck
Klaus & Hannelore Hillebrand
Anne Schreiber & Alexander Koar
Gregor Schweitzer & Michaela Mejta
Stefan Hüttner, Denny Lippert,
Philipp Riedel, Bibbi Cat, Havocris

und zu guter Letzt, dem Herren, der nur als
„Francis Dollarhyde"
bekannt ist.

Verdammnis

Um mich verkrustete die Welt zu hartem,
korrodiertem Stahl.
Die Luft war Rost-geschwängert und es stank
nach schwerem, zäh klebrigem Motorenöl.
Dürre, Ader-artige Rohre, die die schemenhaft
ausgeleuchtete Decke wie ein Geschwür
überzogen, vibrierten unnatürlich schnell und
pressten heißen Dampf in unkontrollierten
Stößen durch die verrosteten Leitungen.

Aus großen Brennöfen trat stechender Qualm
hervor und die darin lodernde Glut tauchte die
Welt in einen unheilvollen, rot-pulsierenden
Infarkt, der dämonisch tanzende Schatten an
die hässlich verschweißten, Narben
überzogenen Wände warf.
Und die beklemmende Stille wurde vom
wahnsinnigen Dröhnen der rotierenden
Bohrköpfe zerrissen, die sich unerbittlich in
die Schwärze des morbiden Labyrinthes hinein
fraßen.

Meine Schritte hallten dumpf auf dem
engmaschigen, Draht-gefaserten Untergrund,
als ich die tiefer gelegenen, steil abfallenden

Gänge dieses eisernen Irrsinns betrat.
Es war heiß und drückend, meine Kehle
trocken, die Beine zittrig.
Ich zwängte mich durch einen fiebrigen
Alptraum, vorbei an quietschenden Ventilen,
schwelenden Lötkolben und abgehackt
zuckenden Zahnrädern.

Befallen von kaltem Schweiß, der sich in
meinen Nacken krallte und in der nächsten
Sekunde bleiern den Rücken herunter rann,
öffnete ich das alte, schief in den Angeln
hängende Tor, hinter dem der perfide
gewordene Wahnsinn, Gestalt annahm.
An unzähligen Kabeln und Kanülen
angeschlossen, eine undefinierbare Flüssigkeit
in die Venen pumpend, saß eine leichenblasse,
fast zur Gänze in schmieriges Blei getauchte
Gestalt.
Spindeldürr und ausgezehrt.
Sie fragte und ich willigte ein.
Dann riss sie mich an sich und fraß meine
Seele.
An schwere Ketten gefesselt sitze ich
nun hier, meinen Platz in der
Geschichte eingenommen, meinen Platz
in der Ewigkeit, in der Verdammnis.
Ich kann mich nicht sehen....

ZYKLOP

Ich spüre Beklemmung wenn die leichenblasse
Dämmerung sich erhebt.
Habe Angst vor hereinbrechender Dunkelheit
und Panik in sternenklaren Nächten...

...dann träume ich von schwarz-flimmerndem,
blass-grünem Wahnsinn, der sich in
verlorenen, schemenhaft aus der Finsternis
emporsteigenden Städten erhebt.

Sie wabern gestaltlos unter der Oberfläche,
versunken in Motoren-geschwärztem,
parasitärem Grauen, erwachsen aus kalter
Unendlichkeit.

Ich träume von wage, halb-gezeichneten
Straßenzügen in diffusem Gas-vernebeltem
Laternenschein, der den Irrsinn in unförmigen
Lichtkegeln auf schmutzigen Pfützen wieder
spiegelt, während der prasselnde Regen auf
mich nieder stürzt und die zyklopisch engen
Häuserschluchten vor meinem inneren Auge
kollidieren.

Ich spüre es kommen, es kommt in sintflutartigen, nässenden Schüben und hält mich in diesem komatösen, niemals endenden Alptraum gefangen, mit der bitteren Erkenntnis, dass mein Verstand in Unverständlichkeit ertrinkt...

Devourer

Es heißt der menschliche Organismus käme in Stase vollständig zum Stillstand.
Die Atmung setze aus und die Herzfrequenz sinke der 0-Linie entgegen.
Die Verdauung würde gehemmt und der Alterungsprozess gestoppt.
Es sei ein komatöser Zustand, dessen Auswucherungen in den Verstand eindringen und diesen zur Gänze ausschalten.
Zurück bliebe nichts weiter, als niemals enden wollende Stille.
Kein Bewusstsein, kein Unterbewusstsein, keine Empfindungen….
….nur ewiges, allgegenwärtiges Nichts.

So heißt es zumindest...

Ein eisiger Schauer rann meinem Rücken herab, der sich einen Augenblick später wie Säure in meine Wirbelsäule hinein fraß, das Rückenmark mit einem lähmenden Gefühl aus Furcht infizierte und meinen gesamten Leib binnen weniger Sekunden vollständig erstarren ließ.

Mit weit aufgerissenen Augen und von aufsteigender Panik begleitet starrte ich fassungslos auf den Wahnsinn da draußen, der sich in unheilvoll flimmernden Farben vor uns abzeichnete. Wir hätten auf der Stelle umkehren und diesen angsteinflößenden Ort sofort verlassen sollen, der dem Wort: „Hölle" eine völlig neue Bedeutung gab.

Das blau-gelblich, gespenstisch schimmernde Licht der gigantischen Zwillingssonne, die unnatürlich im Zentrum des Sonnensystems pulsierte, sich unregelmäßig aufblähte und zusammen zog, dehnte und wieder schrumpfte, verkündete das bevorstehende Unheil, das sich wie ein Leichentuch über uns geworfen hatte, ab dem Zeitpunkt, als wir in das Salem-System eintraten.

Es war nicht die seltsame Konstellation dieses schwerfällig rotierenden Mini-Sonnensystems, das auf eigenartige Weise „einen Planeten" umkreiste und uns in Angst und Schrecken versetzte, sondern die einfache Tatsache, dass jenes, was sich unseren Augen bot, schier an Blasphemie grenzte, für den menschlichen Verstand nahezu unbegreiflich erschien und doch in all seiner Grausamkeit existierte.

Düster und drohend zeichneten sich die 5 fahl flimmernden Monde des Menexe vor der chemisch flackernden Sonne ab, die alle auf grauenvolle Art, unweigerlich mit dem Planeten verbunden waren und mit jeder weiterer Umrundung versuchten die todbringenden Nabelschnüre zu kappen, die die Monde unerbittlich auszusaugen schienen.

Unser Schiff trieb in 140.000 Meilen Entfernung zum Planeten und 60.000 Meilen zum nächst gelegenen Mond in einer elliptischen Umlaufbahn im Sauerstoff-leeren Raum und doch lagen die Auswüchse des Menexe nur wenige Schiffslängen voraus. Millionen von metallenen, Meilen-breiten und tausende von tonnenschweren Kabeln, Kanülen und Schläuchen überzogen in abnormen, ineinander gewundenen Formen, den gesamten Planeten und schienen sich regelrecht in ihn hinein zu fressen.
Ihn auszusaugen. Ihn auszuquetschen.

Es waren ekelerregende Gebilde die widerwärtig streuenden Metastasen glichen, sich unersättlich voran schoben und alles unter ihrer gewaltigen Last, erbarmungslos zermalmten.
An anorganischen, Ranken-förmigen Trieben wucherten sie sogar bis weit über die

Oberfläche des Planeten hinaus und schlängelten sich an gigantischen, Wurmgewundenen Strängen ins All hinein.

Diese verkrüppelten, Ader-artigen Nesseln, die mal einzeln, mal in dicken, schwulstigen Ansammlungen in den Orbit hinein ragten, erinnerten mich an manchen Stellen an aufgeblähte, schwammige Gedärme, dessen alleiniger Anblick in mir größte Übelkeit hervor rief.

Vier der fünf Monde waren bereits zur Gänze von diesen metallenen Zisten überwuchert, die auch hier Hydra-artig über die Mondoberflächen hinaus fingerten, sich irgendwo im All trafen und miteinander verwuchsen.

Der 5. Mond wirkte jedoch im Schein der unheilvoll brennenden Zwillingssonne wie ein gehuldigtes, uraltes Alien-Artefakt, dessen 7fingriges Schlauch-Kanülen-Gemenge den Trabanten vom südlichen Pol her kommend, wie eine gewaltige Klaue, Pokal-förmig umklammerte, um ihm allmählich, aber stetig die letzte verbliebene Energie zu entziehen.

Die gesamte Szenerie glich dem grobfaserigen Inneren eines Krebs-befallenen Nervensystems, bestehend aus verklumpten Knoten, abgerissenen Nervenbahnen und gestört zuckenden Synapsen, ausgehend von einem einzigen Punkt, nämlich einem Krater-ähnlichen Schlund auf der Oberfläche des Menexe, der diesen Alptraum gebar. Dieses abartig gesponnene, interstellare Netz, leuchtete in einem unheimlichen, kaum merklich fluoreszierenden Grünton, der die Spekulation aufbrachte, diese Tentakel-artigen, schwulstigen Dinger könnten sogar organischen Ursprungs sein, denn auch die schwarz, verfault wirkenden Verkümmerungen an den Enden dieser Metall-artigen Materie ließen darauf schließen.

Doch eine kontrollierte Salve auf einen dieser Tentakel brachte die Erkenntnis, dass es sich tatsächlich um einen anorganischen Stoff handelte.

Nachdem der erste Schrecken verflogen war und wir uns aus einer lähmenden Beklemmung gelöst hatten, manövrierte unser Captain das Sternenschiff vorbei an diesen stählernen Schläuchen, die aus nächster Nähe betrachtet sich als eine Vielzahl weiterer, dünnerer Schläuche und Kanülen entpuppten und weitaus komplexer zu sein schienen als zuerst angenommen, um dann in einem günstigen Winkel, direkten Kurs auf den Menexe zu nehmen.

17

Die Hypertriebwerke spien gigantische Feuerstöße aus ihrem verrußten Inneren und dicke, grafitfarbene, Kerosin-geschwängerte Abgaswolken hinterließen bizarre Formen in der unheimlichen Schwerelosigkeit, die sich wie geisterhafte Chimären um die Metalltentakel wanden, die bereits nach wenigen Minuten für uns und das Schiff zu einer ernsthaften Bedrohung wurden. Denn je weiter wir auf den Planeten zu rasten, umso größer und wulstiger erwuchsen diese schrecklichen Menhire, die, so schien es, uns den Weg abzuschneiden und am Vorankommen hindern wollten.

Doch unser Captain blieb auch in brenzligen Situationen besonnen. Er navigierte das Schiff mit gekonnten Manövern durch dieses unwirklich auswuchernde Chaos, das sich im Scheine einer nun Phantom-förmig pulsierenden Zwillingssonne, deren gleißendes Licht auf unserer Netzhaut brannte und wie der Stachel-gespickte Leib einer prähistorischen Bestie wirkte, vor uns abzeichnete. Immer wieder blitzte es Stroboskop-artig vor meinen Augen, als die Sonne im Millisekunden Takt hinter den unzähligen, ineinander gewundenen Tentakeln auftauchte, sofort wieder verschwand, um dann noch schneller und stechender aus ihren Schatten heraus zu treten und wieder in der Finsternis zu verschwinden.

20.000 Meilen über dem Planeten, kurz vor Eintritt in die Atmosphäre stoppte Captain Tannis das Raumschiff. Wir machten uns sofort daran mit Hilfe unserer Bordcomputer die Oberfläche des Menexe auf seine genaue Beschaffenheit und außerirdische Lebensformen zu scannen.

Die 6köpfige Crew, mich inbegriffen, war bis auf das Äußerste angespannt und ich lief unruhig auf der Brücke auf und ab, nie die Monitore und Parameter aus den Augen lassend, die jederzeit ausschlagen konnten.

Doch es dauerte weitere 18 Stunden, bis der Scan-Vorgang abgeschlossen und die Auswertung der Daten ergab, dass der Planet vollkommen unbewohnt war. Was die Zusammensetzung dieser alles erwürgenden Tentakel betraf, tappten wir nach wie vor im Dunkeln, denn unser Periodensystem kannte keinen der vorliegenden Stoffe.

Ich atmete tief ein und versuchte mir meine Nervosität nicht anmerken zu lassen, als ich gebannt durch das, von schweren Eisenstreben durchzogene Panoramafenster der

Schiffsbrücke durch den rot glühenden Schein der aufflammenden Hitzeschilde auf die zitternde, immer näher heran rauschende Oberfläche dieses merkwürdigen Planeten blickte, dessen gewaltige, nach allen Seiten in das All auswuchernde Verästelungen mir grauenvollste Phantasien in den Verstand pflanzten.

Captain Tannis steuerte das Schiff direkt in diesen riesigen Terrassen-förmig in die Tiefe hinein wachsenden Schlund, aus dessen Inneren sich dieser Wahnsinn erbrach und der aus der Vogelperspektive betrachtet, wie ein gigantischer Malstrom wirkte, der alles zermalmte, was ihm zu nahe kam.

Die Phosphor-farben glühende Zwillingssonne verschwand schwerfällig vibrierend hinter den grün fluoreszierenden, ineinander verwachsenen Metallgeschwüren als wir in den Krater eintraten und deren Schatten scheußliche Zerrbilder meines bis zum Zerreißen gespannten Verstandes auf diese merkwürdige Oberfläche projizierten, die darauf Teufels-gleich zu tanzen begannen.

Ein unheimliches Zwielicht umhüllte unser Raumschiff, als die Strahlen der Sonne letztendlich verblassten und der fahle Schein der beiden aufgehenden, direkt über uns kreisenden Schlauch-strangulierten Monde, die Umgebung, nur noch grau, grob schraffiert und unzureichend ausleuchteten.

Ich spürte wie sich die Fesseln langsam enger zogen, mit jedem Yard den wir tiefer in diesen endlos erscheinenden Abgrund sanken.

Schweiß trat aus meinen Poren, als die Außenhülle unseres Raumschiffes durch den steigenden Druck zu ächzen begann. Ein stetig anschwellender Kloß in meinem Hals und die daraus resultierende Panik gleich ersticken zu müssen, ließen mich mehrmals in Folge hektisch nach Sauerstoff ringen, während die eingesogene Luft in meiner Kehle verzweifelt einen Weg hinab in meine Lunge suchte. Mein Herz pumpte schnell und Brustkorb-durchstoßend. Ich spürte meine Halsschlagader unnatürlich stark pulsieren und das dumpfe Hämmern jeder einzelnen Kontraktion meines Herzmuskels in meinem Schädel um das Tausendfache dröhnen, als wir aufsetzten, die Triebwerke herunter fuhren und eine beklemmende Stille das Schiff umwob.

Wir sprachen kein Wort, als der Bordcomputer die genaue Zusammensetzung der Atmosphäre berechnete.

Das diffuse Licht, das hier unten in der Tiefe vorherrschte verstärkte mein Unbehagen beobachtet zu werden, denn alles versank in knapp 100 Yards Entfernung hinter einem grauen Schleier aus Ungewissheit und Angst. Die Angst hinterrücks übermannt zu werden.

Der gesamte Untergrund hier unten bestand ebenfalls aus merkwürdig gewundenen Kabeln und Schläuchen, die sich mal dick und Röhren-förmig, mal dünn und feinfaserig über den Boden wanden. Einige Auswüchse verliefen gradlinig, andere hingegen schienen sich wahllos auf dem Boden entlang zu schlängeln, sinnlos und krampfend darauf windend, beinahe so, als hätten sie sich unter größten Qualen zusammengezogen. Sie erwuchsen zu alptraumhaften, grotesken Formen und bizarren Gebilden, hinter denen sich in der tückischen Dunkelheit feindliche Lebensformen verbergen konnten, die nur darauf warteten sich auf uns zu stürzen, sobald wir unser Schiff verließen.
Ich kniff die Augen zusammen und behielt die unheilvolle Umgebung da draußen genauestens im Auge, um bei der geringsten Bewegung „Alarm" zu schlagen. Doch es blieb totenstill.

Da draußen gab es nichts weiter, als diese anorganisch, grün schimmernde Materie, die den gesamten Planeten, nebst seiner Monde wie ein Parasit befallen hatte.

Ich erschrak, als der Datencomputer sich plötzlich lautstark bemerkbar machte, mich aus meinen Gedanken riss und unter Rattern und Knistern sein Ergebnis ausspuckte.
Die Atmosphäre hier unten war stark säurehaltig, enthielt jedoch Spuren von Sauerstoff. Allerdings in so geringen Mengen, dass man bereits nach wenigen Minuten ohne Atemmaske qualvoll ersticken würde. Die Temperatur hingegen lag bei konstanten 70 Fahrenheit. Alles in allem eine sehr merkwürdige Zusammensetzung, die einerseits für den menschlichen Organismus gut verträglich, andererseits so ätzend und zersetzend wie Schwefelsäure war.

Da es sich bei unserer Mission um eine reine Forschungsmission handelte, die sich auf das Sammeln und Auswerten von Daten, sowie der Untersuchung von Gesteinsproben spezialisiert hatte, war äußerste Vorsicht geboten. Neben unserer Bordkanone bestand unser Waffenarsenal nur aus ein paar Laserpistolen,

Flammenwerfern, Dumdumgeschossen und panzerbrechender Munition, das gerade einmal für einen schnellen Rückzug ausreichte, einen heran stürmenden Feind jedoch nicht lange aufhalten würde.

Um sicher zu gehen, dass wir nicht in einen Hinterhalt liefen, führten wir weitere Scans durch, die alle das Ergebnis brachten, dass sich außer uns keine weiteren Lebensformen hier unten befanden. Da ein geringes Restrisiko dennoch nicht auszuschließen war, war unsere Mission klar definiert. Wir würden die Umgebung erkunden, Proben nehmen, die Daten auswerten und dann wieder verschwinden.

Ich erinnere mich noch genau, als die Ladeluke auf den metallenen Untergrund traf und wir in diesen Wahnsinn eintraten. Ein blechernes Echo prallte auf die Kraterwände, wurde dort reflektiert und in meinen Helm zurück geschleudert. Es kroch durch die Windungen meines Gehörganges und fraß sich dann pochend durch das Trommelfell hindurch in meinen Schädel hinein. Mein Atem ging schnell, was zur Folge hatte, dass mein Visier binnen kürzester Zeit beschlug und die Welt da draußen hinter einem undurchdringlichen

Nebel-Kohlenmonoxid-Gemisch verschwand. Staubpartikel umwirbelten uns in wirren, geisterhaften Formen, die ein Durchdringen unseres hohlen Taschenlampen-Scheines vollkommen unmöglich machte. Schuppig verbrannte Ausflockungen, erzeugt durch die enormen Temperaturen der Oberflächen-verbrennenden Triebwerke des Raumschiffes regneten Krematoriums-gleich und Fetzen-haft auf uns herab, während unsere ständig wieder hallenden Schritte noch immer verzweifelt versuchten einen Weg aus diesem Abgrund heraus zu finden.

Es dauerte mehrere Minuten, bis sich dieses wirre Chaos aus Staub, Ausflockungen und anderen Triebwerksverunreinigungen gelegt hatte, mein Visier wieder frei war und wir vorsichtig voran schreiten konnten.

Mit jedem zurück gelegten Yard in diese düstere, lebensfeindliche Umgebung versank das Raumschiff zusehends in den anschwellenden Schatten und mein Unbehagen sich hier unten zu verlaufen, wuchs stetig an.

Das Licht meiner Taschenlampe huschte nervös über den metallenen Untergrund, der auf seltsame Art und Weise dennoch in mir das Gefühl hervor rief, organisch zu sein. Je länger ich auf einer Stelle verweilte, umso mehr hatte ich das Empfinden darin zu versinken, obwohl die Oberfläche sich weder verformte oder nach gab. Ich ging auf die Knie, um diesem merkwürdigen Phänomen nachzugehen und wischte mit meinen Handschuhen über die staubbedeckten Schläuche, um dann unter einem einzigen markerschütternden Schrei aufzuspringen und verstört zurück zu taumeln.

Für den winzigen Bruchteil einer Sekunde glaubte ich einen dunklen Schemen im Inneren dieser Auswüchse wahrgenommen zu haben. Ein faustgroßes, schwarzes Etwas, bestehend aus aggressiv rotierenden, ineinander geschlungenen Zotten, dessen Erscheinungsform etwas Zygoten-haftes besaß.

Wir waren augenblicklich alarmiert und unsere Nerven bis zum Zerreißen gespannt. Doch sowohl ein weiterer Scan, als auch eine intensive Observation der Umgebung ließen uns zu dem Schluss kommen, dass ich mich geirrt haben musste. Hier gab es nichts weiter, als diese leblosen, widerwärtigen Auswucherungen.

Dennoch beschlossen wir umgehend Proben zu nehmen und dann in die Umlaufbahn des

Planeten zurück zu kehren, um von dort aus das weitere Vorgehen zu planen.

Als die Anderen mit den Bohrungen begannen, entfernte ich mich kurz von der Gruppe, bewegte mich auf eine überwucherte Mauer zu, durch die ein enger, Schlauch-berankter, ca. 100 Fuß langer Gang führte und zwängte mich kurzerhand hindurch.

Während ich mich mühsam voran schob, nahmen die beiden unheilvoll über dem Krater kreisenden Monde immer weiter zu und ihre silbernen Strahlen vertrieben ihre vorher eigens erzeugte schummrige Dunkelheit.

Umständlich quetschte ich mich aus dem engen Gang heraus und erstarrte.

Im immer gleißender werdenden Licht erwuchs die vor mir gelegene, bis weit in die Tiefe hinab führende und nach oben hin kuppelförmig zusammen wachsende, Pharaonen-artig aufragende Halle zu uralter, monumentaler Größe. In regelmäßigen Abständen schoben sich gewaltige, pechschwarze Monolithe, den unzähligen, in der kalten Leere flackernden Sternen entgegen und ich spürte, das wir dem Ursprung allen Übels immer näher kamen.

Dort unten bedeckte ein lethargisch wabernder Brodem den gesamten Untergrund, so das sich unmöglich ein Aussage darüber treffen konnte, wie weit diese Halle noch in die Erde hinein führte.

Nachdem ich die Anderen gerufen hatte, wichen wir von unserem ursprünglichen Plan ab, beschlossen dieser einzigartigen Entdeckung nachzugehen und machten uns sofort an den Abstieg in unbekannte Tiefen.

Nach rund 15 Minuten, zeichneten sich stählern und glänzend im hellen Mondlicht, zwischen den Monolithen gelegen, weitere künstlich geschaffene Gebilde ab, die nur vereinzelt von diesen Auswucherungen befallen waren und sich nur widerwillig aus dem Nebel herausschälten.

Es dauerte über eine halbe Stunde, bis wir endlich, vollkommen erschöpft und schweißgebadet am Fuße des Kraters ankamen. Der permanente, atmosphärische Druck der auf uns lastete, ließ jede Bewegung zu einer Qual werden. Meine Knochen und Gelenke schmerzten, die Atmung ging schwerfällig und wir kamen nur langsam voran, da die Schwerkraft 1 ½ Mal höher war, als auf der Erde. Doch unsere Bemühungen hatten sich ausgezahlt, denn nun lagen diese stählernen Gebilde, halb in den Wurmdurchzogenen Boden eingelassen, nur wenige Fuß voraus.

Es mussten hunderte, wenn nicht sogar tausende verschlossene Frachtcontainer sein, die sich schier unendlich weit vor uns erstreckten.

Fetzen-hafte Nebelschwaden wandelten in gespenstischen Formen zwischen diesen Containern umher, die jeweils in einem Abstand von 6 Fuß zueinander nach allen Himmelsrichtungen angeordnet waren und alle exakt dieselben Maße besaßen. Sie waren 10 Fuß hoch, 15 Fuß breit, sowie 50 Fuß lang, von metallischer Beschaffenheit.

Natürlich gab uns dieses Phänomen, Anlass zu den wildesten Spekulationen.

Doch die Frage, die uns alle am Meisten beschäftigte war: „Was befand sich eigentlich in diesen ominösen Behältern?"

Nachdem wir einige Frachtbehälter umrundet hatten und keine Schließmechanismen ausfindig machen konnten, halfen wir unserem Bordingenieur auf einen dieser Container hinauf, der uns sogleich zu verstehen gab, dass er dort oben eine Art Verriegelung vorgefunden hatte und sich umgehend daran mache diese zu entriegeln.

Unsere Spiegelbilder reflektierten sich Kobold-artig und seltsam verzerrt von der glatten Oberfläche wieder, so dass ich es nicht wagte sie länger als ein paar Sekunden anzustarren.

Stattdessen ließ ich den Strahl meiner Taschenlampe in die vor mir gelegene, enge Containerschneise hinein gleiten, der sich irgendwo in der Ferne an dieser milchig, trüben Nebelwand brach und die Welt dahinter vollkommen verschlang.

Langsam schritt ich am Rande dieses unendlich in die Unendlichkeit hinein führenden Labyrinthes entlang und leuchtete in jeden einzelnen Gang hinein. Sie alle waren vollkommen identisch und exakte Kopien unzähliger, weiterer angrenzender Nebel-verhangener Gänge.

Unsere Neugier wuchs ins Unermessliche, doch das Öffnen des Containers dauerte länger als angenommen. Daher beschloss Captain Tannis mit unserem Bordingenieur zurück zu bleiben, während wir in das Innere des Labyrinthes vordringen und uns einen Weg zu einem dieser mysteriösen, düster in den Himmel aufragenden Monolithe bahnen sollten, um dort Proben zu nehmen.

Ich setzte mich, wachsamen Blickes, in Bewegung, während der Rest der Crew die Umgebung hinter mir nach allen Seiten absicherte.

Das Licht der beiden Tentakel-befallenden Monde drang nur schwerfällig und gefiltert durch den allgegenwärtigen Dunst und seine unzähligen, über die Mondoberfläche hinaus ragenden Auswüchse ließen die beiden Trabanten wie chemisch brennende, gierig züngelnde Feuerräder erscheinen.

Trotz des enormen Drucks und der erhöhten Schwerkraft die auf uns lastete, kamen wir zu unserer Verwunderung, erstaunlich gut voran. Doch die Monolithe schienen mit jedem unserer Schritte vor uns zurück zu weichen und schon bald glaubten wir, sie seien nur Fata-Morgana-gleiche Erscheinungen, erzeugt durch psychische Belastung und physische Überanstrengung. Egal welche Richtung wir einschlugen und wie sehr wir die Monolithe fixierten, sie blieben für uns unerreichbar.

Mit stetig anschwellendem Unbehagen bahnten wir uns unseren Weg durch dieses klaustrophobische Labyrinth, das sich Fiebertraum-artig und endlos erstreckte und durch unser Voranschreiten nur noch weiter in die Unendlichkeit hinein zu wachsen schien.

Wir wussten nicht, wie lange wir hier unten umher geirrt waren, als sich die Umgebung mit einem Mal veränderte.

Der Nebel hatte sich weitestgehend gelichtet und auch die Abstände der Frachtcontainer zueinander hatten sich langsam aber stetig vergrößert. Ehe wir dessen bewusst wurden, standen wir plötzlich in einer Kirchenschiff-ähnlichen, von außerirdischen Runen überzogenen Halle an deren, der uns gegenüber gelegenen, hoch aufragenden Mauer sich merkwürdige Ornamente heraus schoben, die von einem einzigen schräg auftreffenden fahlen Lichtkegel, durch ein großes, kunstvoll in die Decke eingearbeitetes Mosaikfenster, okkultistisch angestrahlt wurden.

Mein Blick schweifte abwechselnd zwischen den hinter uns befindlichen Containern, dem Schlauch-, Kabel-, Kanülen-überzogenen Boden und dem seltsamen, unheilvoll ausgeleuchteten Gebilde hin und her und augenblicklich wurde mir bewusst, dass hier alles seinen Anfang genommen hatte. Alles lief an diesem Punkt zusammen.

Vom orchestralen Klang meiner wieder hallenden Schritte begleitet, näherte ich mich diesem DING, das dort an der Wand hing.

In mir erwuchs eine wage Vermutung, die in aufkommendes Entsetzen umschlug, um sich dann in flimmerndem Wahnsinn in all seiner Grausamkeit vor mir zu entblößen.

Denn jenes, was man dort auf einer Altar-ähnlichen Erhebung, kopfüber hängend und einem den Erdeingeweiden zugewandten Kruzifixes angenagelt hatte, war der Inbegriff von Blasphemie.

Etwas, das nicht sein durfte.

Etwas, dass keine Daseinsberechtigung hatte.

Eine perfide, humanoide Ausgeburt, dessen Perversion sich zuerst Ader-artig aus Augen, Mund und allen anderen Körperöffnungen heraus schob, Hämorrhoiden-artig anschwoll, um sich letztendlich lappend und wulstig über den gesamten Planeten zu verbreiten.

Dieses Nebel-umhüllte, schier endlos erwachsende, von Frachtcontainern durchzogene Labyrinth war kein Versorgungsdepot oder Frachthafen wie zuerst angenommen. Es war eine gigantische Nährkammer, dessen in metallenen Brutkästen eingeschlossene Leiber einst als Nahrung für

33

diese gotteslästerliche Kreatur dienten. Sie hatte ihre tödlichen Fänge nach ihnen ausgestreckt, war in die Körper eingedrungen und hatte sie so lange in diesem komatösen Zustand gefangen gehalten, bis der letzte Funke Energie aufgebraucht war.

Doch nun war dieser Ort nichts weiter als eine drückende Grabkammer, dessen steil aufragende, überwucherte Kraterwände sich langsam auf uns zu schoben und zu zerquetschen drohten.

Ich näherte mich dieser ekelerregenden Ausgeburt bis auf wenige Fuß, deren Scheußlichkeit ich nun bis ins kleinste Detail erkannte. Ihr gesamter Leib war von bleifarbener, metallischer Beschaffenheit und das was von ihrem einstigen Antlitz übrig geblieben war, zeugte von purem Hass und größter Gier. Ihre Augäpfel waren zerplatzt und einem wirren Durcheinander aus Drähten gewichen. Aus ihrem ausgefledderten Mund wanden sich mehrere Aal-artige Schläuche, ihre Nasenlöcher waren von wurmartigen Gebilden durchzogen und aus den Ohren suppte eine zähklebrige Substanz, die sich nach unten hinweg Sehnen-dürr aufteilte, erstarrte und zu durchsichtigen Kanülen heranreifte.

Wir hätten auf der Stelle umkehren und diesen furchteinflößenden Ort sofort verlassen sollen, der dem Wort: „Hölle" eine völlig neue Bedeutung gab. Doch stattdessen überwog der Drang menschlicher Neugier und die Faszination des Unbekannten, welche mich zu diesem törichten Leichtsinn veranlasste, „ES" zu berühren.

Mein Herz schlug schnell und hart und meine Finger zuckten unkontrolliert, als ich die Kreatur berührte. Selbst durch den Handschuh meines Raumanzuges hindurch spürte ich, das diese Abartigkeit, obwohl aus Metall bestehend, große Wärme abstrahlte.

Vorsichtig ließ ich meine Fingerspitzen über die Draht-verästelten Augäpfel fahren und....

....ein kurzer, intensiver Schmerz durchfuhr meinen Leib und ein einzelner Blutstropfen blieb purpurfarben auf der Spitze eines Augapfel-durchstechenden Drahtes hängen, der Sekunden später vollständig absorbiert wurde.

Just in diesem Moment verstand ich die Zusammenhänge. Dieser gekreuzigte Götze war nicht tot. Er hatte geschlafen. Äonen um

Äonen, solange bis wir ihn aus seinen Träumen gerissen hatten und nun begann er sich zu regen. Der Anti-Christ erwachte....

....und plötzlich begann sich ein niederfrequentes Summen auf subatomarer Ebene in meinem Schädel auszubreiten. Ein Summen das schnell anschwoll, von den anderen jedoch ungehört blieb. War dieser eigenartige Ton eine Stimme, die sich in meinem Kopf zu formen versuchte?

Noch ehe ich diesen Gedanken zu ende führen konnte durchfuhr ein einziger, Volt-geladener Energiestoß dieses Kabelgeflecht, dessen Beschaffenheit sich dadurch abrupt änderte.

Die anorganische Materie wurde mit einem Mal organisch. Sie war glitschig und triefte vor Nässe. Doch was noch viel schlimmer war, einige dieser Tentakel zeigten bereits erste Lebenszeichen und begannen kaum merklich zu zucken.

Der Schrecken brachte uns fast um den Verstand und dennoch reagierten wir geistesgegenwärtig. Über unser Echo-Com alarmierten wir den Captain, der umgehend auf das Schiff zurück kehren und es startklar machen sollte.

Uns blieb nicht mehr viel Zeit, denn die Auswüchse erwachten schnell zum Leben und zeigten bereits starke Reaktionen. Manche lösten sich sogar schon in klebrigen Fäden vom Untergrund.

Unser Sanitäter injizierte jedem von uns eine starke Dosis Amphetamin, die das Letzte aus unseren Körpern heraus kitzeln und uns vorübergehend Schmerz unempfindlich machen sollte.

Von Panik getrieben, unter ständiger Beobachtung der fahl leuchtenden Monde, bahnten wir uns unseren Weg zurück zum Kraterrand. Immer wieder hörten wir erstickendes Gurgeln, Würgegeräusche und verzweifeltes Klopfen aus dem Inneren der metallenen Särge dringen, von denen wir nicht wussten, ob die eingeschlossenen Leiber zum Leben erwacht waren oder die Kreatur diese Töne verursachte, indem sie ihre zurück gewonnene Kraft bis in jede ihrer „Adern" zu pumpen versuchte.

Ohne Vorwarnung schnellte ein armdicker Tentakel pfeilartig vor uns in die Höhe. Instinktiv riss ich meinen Kopf zur Seite, als er auch schon auf mich zu geschossen kam. Nur knapp entging ich der Attacke, während unser

Geologe unter lautem Ächzen hinter mir zusammen brach.

Der Fangarm durchschlug seinen Kopf, trat knapp unterhalb der Schädelbasis wieder aus, um dann sichelförmig mit einer gezielten Attacke am unteren Ende des Rückens die Wirbelsäule zu durchstoßen, in das Rückenmark einzudringen und ihn von innen komplett auszusaugen begann. Zuerst implodierte sein Schädel, während die Augen zeitgleich unter lautem Poppen im Kopf verschwanden. Der Brustkorb fiel unter grausigem Knacken zusammen, als im nächsten Moment auch schon sämtliche Organe und alles Fleisch vollständig absorbiert wurden. Zurück blieb ein groteskes Etwas, bestehend aus zertrümmerten Knochen und rissiger, Pergament-artiger Haut. Die hohlen Schlürf-, und Aussauggeräusche hallten noch Minuten später irrsinnig in meinem Verstand nach.

Neben mir fielen mehrere Schüsse und das grelle Mündungsfeuer stach in meinen Augen, gepaart mit dem Geruch verbrennenden Schießpulvers, dass mir beißend in die Nase stieß.

Einer dieser Tentakel zerplatzte wie eine überreife Frucht und ein giftgrüner, stinkender

Schwall zäh-klebriger Flüssigkeit ergoss sich über unseren Biologen, von dem Sekunden später nichts weiter übrig blieb als zwei Säurezerfressene, qualmende Stümpfe.

Doch je weiter wir aus dem Kraterinneren heraus kletterten, umso langsamer und schwerfälliger wurden die Tentakelbewegungen, bis sie irgendwann vollständig zum Erliegen kamen und in uns die Hoffnung erweckte diesem Wahnsinn doch noch entfliehen zu können. Anscheinend reichte die Kraft der Kreatur noch nicht aus, um uns bis hier hinauf zu verfolgen.

Mit Entsetzen blickten wir zurück.....hinab in den Schlund der Hölle, in dem sich tausende von Tentakeln wie in einer Schlangengrube um-, in-, und übereinander wanden, aufbäumten und wellenförmig voran krochen.
Als sich der Boden jedoch langsam unter unseren Füßen zu regen begann, wussten wir, das uns keine Zeit mehr blieb.
Umständlich zwängten wir uns durch den engen Gang, zurück zu unserem Raumschiff.
Immer wieder zuckten Tentakel unkontrolliert um uns herum, blähten sich auf, pulsierten unnatürlich und verzögerten unser

Vorankommen. Dennoch durften wir nicht die Nerven verlieren, mussten geduldig bleiben und durften diese Auswüchse auf gar keinen Fall verletzen, damit uns nicht dasselbe Schicksal ereilte, wie das unseres Biologen.

Mit dem Mut der Verzweiflung zwängte ich mich aus dem Gang heraus und streckte unserem Sanitäter Hilfe-reichend die Hände entgegen, der sichtlich Mühe hatte einen Fuß vor den anderen zu setzen. Doch es war bereits zu spät. Zwei gegenüberliegende Tentakel blähten sich zeitgleich auf und pressten ihm unerbittlich die Seele aus dem Leib. Sein Raumanzug explodierte nach oben hinweg, als seine Schädeldecke unter einem grausigen Knall regelrecht abgesprengt wurde und literweise Blut, sowie zerfetzte Hirnteile und andere Organe aus seinem aufgeplatzten Kopf heraus spritzten.

Benommen taumelte ich zurück und versuchte die schrecklichen Bilder der letzten Minuten aus dem Kopf zu bekommen. Ich musste mich zusammen reißen und durfte mein Ziel nicht aus den Augen verlieren, das in greifbarer Nähe war.

Unser Raumschiff schob sich nur schwerfällig und drohend aus den Schatten heraus und ich wusste, dass hier etwas nicht stimmte. Es lag in vollkommener Dunkelheit und die Triebwerke standen noch immer still. Kein Licht drang aus dem Inneren und auch sonst gab es kein Lebenszeichen von unserem Captain und dem Bordingenieur. Auch meine Rufe blieben ungehört, was in mir eine schreckliche Vorahnung herauf beschwor, die wenige Augenblicke später zu grausamer Gewissheit wurde. Auf dem Tentakel-befallenen Untergrund zeichneten sich zwei große, vollkommen zermatschte Körper-ähnliche Gebilde ab, die nur noch im Entferntesten daran erinnerten einmal menschlichen Ursprungs gewesen zu sein.

Fremdgesteuert und vom lähmenden Gefühl einer aufsteigenden Ohnmacht begleitet ließ ich die Ladeluke herab und stürmte in das Raumschiff.

Im letzten Moment gelang es mir den Autopiloten mit Kurs auf die Erde zu programmieren, mich zu entkleiden, ein starkes Narkotikum zu spritzen um dann in die gläserne, Sarg-gleiche Stasekapsel zu steigen. Die Triebwerke zündeten und verbrannten diese zuckenden, ekelerregend fistelnden Auswüchse, die damit begonnen hatten das Raumschiff zu umwuchern.

Im brennenden Schweif unserer Triebwerke erkannte ich die Phantom-artig aufsteigende Zwillingssonne, als das Schiff über den Kraterrand hinaus schoss, vor dessen wahnsinnig pulsierenden Lichtes, sich Millionen von Tentakel abzeichneten, die ihre klebrigen Saugnapf überzogenen Fangarme nach dem Schiff ausstreckten. Ich war unendlich erleichtert, als wir diesen schrecklichen Ort hinter uns gelassen hatten und meine noch immer stetig anschwellende Furcht über das Erlebte endlich dem Nichts meiner chemischen Sedierung wich.

Plötzlich schaltete sich mein Verstand ein. Krampfhaft versuchte ich meine Augen aufzureißen, doch es gelang mir nicht. Mein Geist war erwacht, während sich mein gesamter Körper noch immer in Stase befand. Panik stieg in mir auf, denn ich war vollkommen blind, unfähig mich zu regen, unfähig mich zu bewegen.
Ich war in meinem eigenen Körper gefangen, während mein Verstand bei vollem Bewusstsein war.
Es war mir unmöglich zu sagen, wie lange ich mich in Stase befunden hatte! Mehrere Monate

oder im schlimmsten Falle nur wenige Stunden oder Minuten!?

Verzweifelt versuchte ich die Gewalt über meinen Körper wieder zu erlangen, doch all meine Bemühungen blieben ungehört. Ich trieb in den tosenden Wogen meines aus den Fugen geratenen Verstandes, der mit jeder weiteren Minute von immer heftiger werdenden Wahnvorstellungen gebeutelt wurde. Ich spürte die aufkommende Furcht in unkontrollierten Schüben auf mich zu rasen und in dem Moment als ich glaubte dieses Chaos in meinem Kopf würde mich bis in alle Ewigkeit gefangen halten, schlug ich die Augen auf.

Von größter Erleichterung begleitet, erkannte ich den bläulich schimmernden, friedvoll im Weltall treibenden Planeten Erde. Doch das sollte auch schon das Letzte sein, was ich von der Welt da draußen zu sehen bekam.

Denn da war es wieder: Dieses stetig anschwellende, niederfrequente Summen auf subatomarer Ebene, das in meinem Schädel zirkulierte, mit mir zu kommunizieren begann und zu verstehen gab, das mit meinem Erwachen auch etwas Anderes, etwas abgrundtief Böses erwacht war.

Der Druck in meinem Schädel wuchs ins Unermessliche und ein unbekannter, Panikauslösender Schmerz breitete sich wie ein Wurm-gemästetes Geschwür in meinem gesamten Leib aus. Langsam setzte mein Herzschlag ein und meine Lunge füllte sich mit Sauerstoff. Ich spürte wie meine Augäpfel kontinuierlich anschwollen und schwerfällig zu pulsieren begannen. Ich spürte wie sie mit jedem Herzschlag weiter aus ihren Höhlen traten, sich stückweise in die kalte Leere schoben die mich umgab und abnorme Formen und Farben auf meiner verkrusteten, sich langsam ablösenden Netzhaut, wirr darauf zu tanzen begannen. Meine Lungenflügel flatterten, zogen sich spastisch zuckend zusammen und weiteten sich in unkontrollierten Stößen. Das hier war die Verdammnis. Ein von Wahnsinn getränkter Ort, an dem es nichts weiter gab als die krankhaften Auswüchse meines von Tod und Terror durchsponnenen Geistes.

...und dann fühlte ich es kommen…

...es kam in Sintflut-artigen, zerreißenden Wehen.…

Unter unvorstellbaren Qualen schob sich ein widerwärtiges Geschwulst aus meinem Magen heraus, kroch erstickend die Speiseröhre hinauf, schwoll in meinem Rachen an und fuhr

Sekunden später aus meinem Leib heraus. In zuckenden, krampfenden Tentakeln wucherte es aus meiner Nase, während ein glühendes Sekret meine Ohren verbrannte. Der Schmerz in meinem Darm wuchs ins Unermessliche, der irgendwann dem enormen Druck nach geben musste, die Eingeweide durchstieß und meinen Schließmuskel zerriss, als weitere Kabel und Schläuche aus meinem Leib heraus wucherten. Meine Augäpfel zersplitterten wie Glas und ich spürte wie sich ein Drahtgeflecht in mein Gehirn hinein bohrte.

Mein gesamter Leib beginnt auszuwuchern.

Sich zu recken.

Sich zu strecken, um sich einen Weg Richtung Erde zu bahnen.

„Betet für euer Seelenheil, dass euch diese Botschaft, egal wo ihr euch gerade befindet, niemals erreicht. Betet dafür, das diese Worte für immer ungehört bleiben.

Andernfalls gibt es nur einen einzigen Weg diesem Alptraum zu entfliehen, der allen bevor steht, die diese Botschaft vernehmen.

Ich wünsche mir nichts sehnlicher, als den Lauf einer Pistole an meiner Schläfe.

Ich wünsche mir nichts sehnlicher, als eine bleierne Kugel in meinem Tentakel-zerfressenen Verstand.

Der Anti-Christ regt sich bereits in jedem von euch, denn ich sende diese Nachricht unseres Herren in seiner Sprache. Ich sende diese Nachricht unseres Herren auf niederfrequenter, subatomarer Ebene.
Ich wiederhole.
Ich sende diese Nachricht unseres Herren auf niederfrequenter, subatomarer Ebene.
Ich sende diese Nachricht aus dem Jahr Zwei…….., Null…….., Zwei…"

Das menschliche Unterbewusstsein erschafft im Schlaf Träume, damit wir nicht irgendwann vollständig verrückt werden. Doch hin und wieder verschmelzen eben diese Träume und ihre dunklen Spiegelbilder im Zustand größter Verzweiflung zu etwas völlig Neuem und Unaussprechlichem, das dadurch versucht unseren Geist vor Schmerz und Schrecken zu bewahren, auch wenn dies manches Mal auf grauenvolle Weise geschehen mag.

Einst glaubte ich die furchteinflößensten Ausgeburten eines zum Schlaf gebetteten Verstandes seien von endlosen, Monster-besiedelten Tiefen, krankhaften Zerrbildern und abnormen, zusammenhangslosen Bildern, dunklen Farben und grotesken Auswucherungen durchwachsen. Doch heute weiß ich, das die Realität einem die grauenvollsten Alpträume beschert und einen Menschen langsam aber stetig in den Wahnsinn treiben kann.

DUNWICH

Jeden Tag sitze ich stundenlang an meinem von unzähligen Rissen durchzogenen Fenster im 18. Stockwerk des Carpenter Towers in einer winzigen, nach Abfall und Unrat stinkenden Wohnung, in der ich vor mich hin vegetiere und langsam verwese. Ich bin nahezu unfähig mich zu regen und unfähig mich zu bewegen. Mein gesamter Leib brennt vor Schmerz und jede einzelne Bewegung scheint mich beinahe zu zerreißen. Geistesabwesend und von Selbstmitleid gequält starre ich in den feucht klammen Brodem hinein, der sich wie ein lethargisch waberndes Leichentuch über die Stadt Arkham geworfen hat und diese langsam zu ersticken droht.

Ich träume davon alles ungeschehen zu machen und mich von dieser Körper-zerfressenden Krankheit zu befreien. Doch ich fürchte diese Gnade wird mir niemals mehr zu teil. Es ist schwer zu sagen was mir mehr Angst bereitet, wach zu sein oder von grauenvollen Dingen zu träumen, die im Schlaf über mich herein brechen.

Anfangs sind es nur wirre Bildfetzen, die sich auf meiner stechenden Netzhaut flackernd abzeichnen und von dort aus parasitär in meinem gesamten Körper ausbreiten. Die anfängliche Beklemmung die daraus resultiert schlägt jedoch schnell in Furcht um und ich spüre wie mein gesamter Leib zu krampfen beginnt. Es fühlt sich an, als würde irgendjemand oder irgendetwas unaufhörlich tausende von Kanülen in meinen Körper hinein rammen, die mich bei jeder Hautdurchstoßung vor Pein aufstöhnen lassen. Und dann kehren die schrecklichen Bilder über das Erlebte zurück, die der Auslöser für meine ausweglose Situation sind und mich zu dem gemacht haben was ich heute bin: Ein Krüppel.

Jeder Tag gleicht dem anderen, denn jeder Tag ist eine erdgewordene Hölle.
Ich wünschte ich wäre tot, doch sterben kann ich nicht.
Ich bin nur noch ein Schatten meiner selbst.
Eine gehäutete Seele in einer gemarterten Hülle, durch unzählige Alpträume wandelnd, ohne Hoffnung auf Erlösung…

Angefangen hatte alles mit einem wunderschönen Traum, der jedoch jedes Mal vom unheilvoll aufsteigenden Schein eines lodernden Irrsinns begleitet in unvorstellbare Qualen umschlägt….
….denn dann erwache ich wieder in Dunwich…..

....Dunwich, dieser von Nesseln durchwucherte, wahr gewordene infektiöse Alptraum, der in mir heftigste Panikattacken auslöst und von dem ich nur mit größter Furcht und äußerstem Widerwillen zu sprechen vermag....

Ich verließ Arkham in meinem altmodischen Automobil aus dem vorigen Jahrhundert im Morgengrauen in westlicher Richtung und folgte einer schlecht geteerten kurvenreichen Straße, die sich endlos erscheinend am Flusslauf des Miskatonic entlang schlängelte.

Meine Euphorie war groß und ich verspürte nahezu heroischen Tatendrang, denn nach Monaten intensiver Recherche war es mir endlich gelungen eine Karte aufzutreiben, die angeblich den genauen Standort Dunwich's markierte, einer kleinen Siedlung irgendwo auf einem einsamen Hochplateau in der Nähe von Aylesbury.

Seitdem in Dunwich ein namenloses Grauen sein Unwesen und eine Schneise der Verwüstung hinterlassen haben soll, hatte man alle Straßenschilder und Wegweiser die auf das Örtchen hinwiesen abgeschraubt, unzählige Aufzeichnungen vernichtet und Dunwich von sämtlichen Landkarten Massachusetts verbannt.

Fortan durfte niemand mehr mit Dunwich und seinen Einwohnern in Kontakt kommen, denn es waren degenerierte Hinterwäldler die durch permanente Inzucht in der Evolution eher zurück als voran geschritten waren, vor denen man sich jedoch in Acht nehmen musste, da sie seit dem „Zwischenfall" zu unkontrollierten Gewaltausbrüchen neigten.

Doch ich glaubte nicht alles was die Leute sich erzählten, denn ein Großteil solcher Schauergeschichten war zumeist erstunken und erlogen. Besonders in Arkham, einer Stadt gefüllt von Aberglaube und dem Hang zum Übernatürlichen neigte man gern zu dramatisieren. Ich musste mich also selbst davon überzeugen wie viel, und oder ob überhaupt ein Funken Wahrheit in den Erzählungen steckte.

Mit jeder zurückgelegten Meile beschlich mich ein unerklärliches Unbehagen, obwohl es dafür augenscheinlich keinen ersichtlichen Grund gab. Vielleicht lag es an den langen, gespenstischen Schatten die sich mit voranschreitender Stunde wie scharfkantige Klauen halbexistent in die Landschaft hinein krallten und ihre spitzen Nägel nach mir ausstreckten. Vielleicht rührte die Beklemmung auch von der Gewissheit her, irgendwo da draußen in der Einöde von jeglicher Zivilisation und jedweder Hilfe abgeschnitten zu sein.

Und je weiter ich mich von Arkham entfernte, desto wild verwachsener zeigte sich die Vegetation und rankte in dicken, klobigen Verästlungen in den Himmel hinein. Groteske Hügel, die sich wie prall gefüllte Eiterbeulen aus dem Blitz-zerfurchten Untergrund heraus schoben, säumten die Umgebung soweit das Auge reichte. Ihre darauf befindlichen Bäume und Büsche waren stark verkrüppelt, hässlich ineinander verwuchert und erinnerten im Schein einer Phantom-artig, am milchig trüben Himmel stehenden Sonne an dunkle Kutten gehüllte Trauerprozessionen.

Es waren bereits mehrere Stunden vergangen, in denen mein Unbehagen immer weiter anschwoll und ich diese Empfindung sogar mit dem Wort: FURCHT beschreiben würde, als die Straße plötzlich und ohne erklärbaren Grund eine Serpentine schlug, obwohl sie laut Karte eigentlich weiter geradeaus hätte verlaufen sollen. Es hatte den Anschein, als schlüge sie aus purer Angst heraus eine Kurve, nur um nicht dorthin führen zu müssen, wohin sie eigentlich führen sollte, um jenes zu verbergen was sich dort hinter den eng aneinander stehenden Totenkopf-gleichen Hügeln verbarg.

Ein krumm und schief aus dem moosbewachsenen Untergrund und in Fahrtrichtung zeigendes Straßenschild mit der Aufschrift:" AYLESBURY 20 MEILEN", stand genau dort, wo die Straße laut meiner Karte durch die Hügellandschaft hindurch führen sollte. Ich stoppte mein Gefährt und stieg aus dem Wagen.

Mein Blick schweifte in die Ferne, in der sich dicke Gewitterwolken schwerfällig am Firmament aufbäumten und nur darauf warteten bis ihre Regen-geschwängerten Leiber aufrissen, um sich über der von grauenvollen Erzählungen durchzogenen Landschaft Neuenglands zu ergießen.

Ich schritt auf den windschiefen, Rost-überzogenen Wegweiser zu und inspizierte ihn genau. Es gab keinen Zweifel. Die leeren Schraubengewinde ließen mich zu dem Schluss kommen, das hier ein weiterer Richtungsweiser abgeschraubt wurde, der einst direkt in das Zentrum dieser stetig ansteigenden Hügellandschaft gezeigt hatte. Und bei genauerer Betrachtung erkannte man, dass hier einst eine Straße entlang geführt haben musste, da das unnatürlich buschige

Gras auf einer Breite von 8 Fuß dort nicht so hoch wuchs, irgendwie kränklich wirkte und nur spärlich darauf verbreitet war.

Ich stocherte mit meinen Schuhwerk solange im feuchten Untergrund herum, bis meine wage Vermutung in Gewissheit umschlug, denn ca. 4inch unter der Oberfläche traf mein Hacken auf harten Asphalt. Natürlich wollte ich keine Zeit verlieren, kehrte umgehend zu meinem Automobil zurück, ließ den Motor an der dicke, blaustichige Qualmwolken in der Luft hinterließ und verließ die Straße Richtung Aylesbury, um mein Gefährt zielstrebig auf die zugewachsene Straße zu steuern, die mich direkt in die Hölle führen sollte...

Je weiter sich mein Automobil durch diese grotesk erwachsende Hügellandschaft quälte, umso feuchter und froschiger wurde die Umgebung. Das Gras, die Büsche und Sträucher schienen mit unnatürlich viel Chlorophyll gefüllt zu sein und strotzten vor saftig triefendem Grün, so dass ich ein ums andere Mal das Gefühl hatte, die Vegetation pulsiere auf unnatürliche Weise und forme sich vor meinen Augen zu einem namenlosen Wahnsinn der seine glitschigen Finger nach meinem Vehikel ausfuhr und uns am Vorankommen hindern wollte.

Schlamm spritzte in dicken Schlacken hinter meinem Gefährt in die Höhe und zerfledderte die darauf befindliche Grasüberwucherung zu einer schmierigen undefinierbaren Pampe.

Die Sonne verschwand nun ebenfalls hinter dicken Regenwolken und tauchte die Welt in ein bedrohlich wirkendes düsteres Licht, dessen Beschreibung nur schwer in Worte zu fassen war, in meine Vorstellungskraft jedoch den Spross pflanzte, als sauge sie alle Helligkeit aus der Natur heraus und fülle diese mit tristen, trostlosen Schatten, die sich vor einem grünstichig, wachsartig ausgeleuchteten Himmel starr, leblos und ausgeschnitten abzeichneten.

Die Welt vor der Windschutzscheibe meines Automobils war nun nichts weiter als ein unheimliches, schwarz-grünes Farbgemenge, welches im aufkommenden Nieselregen vollständig vor meinen Augen zerfloss.

Als sich mein Auto ächzend über den letzten Hügelanstieg hinaus schob und wir das Hochplateau erreichten überkam mich ein eisiger Schauer, denn jenes was dort vor meinen Augen erwuchs schien dem Chaos entsprungen und wirkte krank und komatös. Alles was mich hier oben in diesem unheimlichen schwarz-grünen, von schemenhaften Konturen durchzogenen Alptraum umgab, war dem Tode geweiht.

Der Boden unter meinen Reifen war aufgewühlt und schlammig und ich musste mein Gefährt mit Bedacht voran steuern, um nicht von der rettenden Straße abzukommen die ich nur noch zu erahnen glaubte. Hässlich verdorrte Grasbüschel in klumpig verfilzten Knäueln schoben sich pilzartig aus dem matschigen Untergrund. Abgeknickte Nadelbäume und grotesk aus dem Boden heraus ragende gewaltige Wurzeln zeigten sich in vereinzelten Ansammlungen vor dem grün lodernden, Regenwolken-verhangenen Horizont hinter dem eine untergehende Sonnenscheibe krampfhaft versuchte Licht zu spenden.

Jegliches Leben schien von diesem Ort gewichen und jenes was übrig geblieben war verfaulte auf abnorme Art und Weise.

Mit jeder weiteren zurück gelegten Meile zeichneten sich in der von Schlamm und Schlick durchzogenen Ferne, vereinzelte von Stacheldraht umzäunte Koppeln ab, auf denen ausgemergelte Ziegen und Kühe an schleimigen, Moos-befallenen Tränken und Trögen ihren Hunger zu stillen versuchten. Große, nach Fäulnis stinkende Heuballen waren Überbleibsel längst vergangener Tage und verrotteten in abnormen Formen, während sich ihre verschimmelten Fasern bereits zu verflüssigen begannen und in hell-eitriger Farbe auf den Jauche verpesteten Boden ergossen.

An manchen Stellen erblickte ich verwesendes Vieh auf dem matschigen Boden liegen, auf deren halb zerfressenen, Maden-überzogenen Leibern schwarze Krähen hockten und mit ihren spitzen Schnäbeln, Fleisch und Sehnen aus den Tieren rissen. Aufgeblähte, schwammige Eingeweide hingen in ekelerregenden Windungen aus ihren, durch angestaute Faulgase aufgeplatzten Mägen heraus, deren stinkende Ausdünstungen die Luft schwängerten und mir ein ums andere Mal heftigen Würgreiz bescherten.

Unnatürlich entstandene Kuhlen unbekannter Tiefe und Herkunft, in denen sich eine undefinierbare von Kot und Unrat gefüllte zähklebrige Substanz befand, zeigten sich in regelmäßigen Abständen auf dem Untergrund und erinnerten wage an gigantische Fußabdrücke, die mich in ihrer Größe und Form zutiefst verstörten.

Selbst für Außenstehende war es nicht schwer zu erkennen, dass dieser Ort hier verflucht war.

Mit untergehender Sonne und der daraus erwachsenen Dunkelheit, packte mich plötzlich eine aufkommende Panik, die mich mit voller Wucht traf und dazu bewegte mein Automobil augenblicklich zu wenden. Der Morast spritzte unter meinen Reifen hervor, die sich dadurch nur noch tiefer in den matschigen Untergrund hinein gruben. Ich hoffte sie würden jeden Moment auf den festen, rettenden Straßenasphalt treffen.

Vergebens.

Doch plötzlich brach das Heck aus. Mein Automobil kam frei, schoss nach vorne, drehte sich um 180 Grad und schlitterte rücklings auf eines dieser tiefen, dunklen Löcher zu, in denen die klebrige Pampe bereits Luftblasen schlug, als lauere eine abartige Kreatur unter der stinkenden Oberfläche und warte nur darauf mich und mein Gefährt zu verschlingen.

Bevor mein Vehikel über den Rand hinaus schoss, öffnete ich die Tür und sprang geistesgegenwärtig hinaus. Mit einem lauten Klatschen schlug ich auf dem schlammigen Untergrund auf, während mein Gefährt hinter mir schmatzend verschluckt wurde. Seine hohlen Scheinwerferlichtkegel glotzten hilfesuchend umher, flackerten hektisch und verloren sich irgendwo im Dunkel der Nacht, bis sie Letzt endlich vollständig erloschen.

Ich war klitschnass, völlig verdreckt und begann augenblicklich zu frieren.

Das lähmende Gefühl der Verzweiflung wuchs ins Unermessliche und die Gewissheit heute Nacht in dieser von Tod und Terror durchzogenen Umgebung nächtigen zu müssen bereitete mir Angstzustände.

Und allein die Tatsache das ich mit dieser widerwärtigen Vegetation in direkten Kontakt gekommen war durchtränkte meine Einbildungskraft plötzlich mit einer unbekannten Krankheit infiziert worden zu sein, die nun an mir zehrte und langsam damit begann Viren und Bakterien in meinen Leib zu pumpen.

Die Welt versank vollends in totaler Finsternis, so dass es reiner Selbstmord war hier ziel-, und planlos umher zu irren, denn jeder meiner Schritte könnte in einer dieser verseuchten Löcher enden, aus denen ich nicht so einfach aus eigener Kraft hätte entkommen können.

Hier draußen, irgendwo im Nichts, würde es vermutlich sogar Tage dauern, bis irgendjemand vorbei käme, der meine Hilferufe vernahm. Davon abgesehen, dass ich bis dahin wahrscheinlich in einer dieser Fäkalien-gruben dem Bazillenfraß zum Opfer gefallen wäre.

Die stetig intensiver werdende Angst nahm mir die Fähigkeit klar zu denken. Atmung und Herzschlag beschleunigten sich auf beängstigende Weise und ich begann zu hyperventilieren. Meine Knie wurden weich und ein unkontrollierbares Zittern durchzog meinen gesamten Leib.

Kurz bevor mein Körper zu kollabieren drohte und sich der Wahn wie eine wilde Bestie bereit machte auf mich zu stürzen, schob sich der gewaltige Vollmond erlösend hinter einer Wolke hervor und tauchte die Welt in fahles Licht. Doch der Schein des Mondes wirkte leblos und fühlte sich merkwürdig auf meiner Haut an. Ich spürte förmlich wie seine Strahlen in mich eindrangen, in meinem Leib ausbreiteten und krebsartige Metastasen bildeten, die mich binnen kürzester Zeit von innen zerfressen würden.

Mit schallerndem Klatschen, gefolgt von nachhaltigem Schmerz brannte die selbst zugefügte Ohrfeige auf meiner Wange. Ich atmete mehrmals tief durch, versuchte mich zu beruhigen und einen klaren Kopf zu bekommen, was mir allerdings nur teilweise gelang, denn ein unterschwelliges Grauen heftete nach wie vor wie eine Klette an mir.

Ich beschloss in Richtung einer der Stacheldraht-umzäunten Koppeln zu waten, die sich im schmutzig grauen Schein des Mondes wirr und konfus aus dem schlammigen Untergrund heraus schälten.

Das Vorankommen war beschwerlich und kostete viel Kraft, denn immer wieder versank ich knöcheltief im Boden. Ich hatte es längst aufgegeben nach der Straße Richtung Dunwich zu suchen, hoffte dennoch das Örtchen bald irgendwie zu erreichen.

Vorsichtig zwängte ich mich durch den Stacheldraht und betrat eine der unzähligen Koppeln.

Zu meiner Verwunderung spürte ich sogleich festen Untergrund unter meinen Füßen. Erleichtert atmete ich auf. Doch schon im nächsten Moment hatte ich das Gefühl von unzähligen unsichtbaren Augen beobachtet zu werden, die jeden meiner Schritte misstrauisch verfolgten.

Es mussten bereits mehrere Stunden vergangen sein, als ich in der Ferne vereinzelte Hütten hinter einigen undefinierbaren Anhäufungen im fahlen Schein des Mondes erkannte, die sich beim Näherkommen als ein heilloses Durcheinander aus Müll und Schrott heraus stellten. Verrostete Pflüge, Stühle, Bettgestelle, aufgerissene Koffer, verdreckte Kleidung, halb verwitterte Kutschen und sogar vereinzelte Autokarosserien umgaben die maroden Häuser wie einen Schutzwall. Dunwich räkelte sich Leichenteil-, und Fiebertraum-gleich aus dem verseuchten Boden heraus und war nichts weiter als eine Ansammlung aus schäbig zusammen gezimmerten Baracken, schlecht gedeckten, moosbewachsenen Walmdächern, schief in den Angeln hängenden, knarrenden Fensterläden und versifften Pfuhlen, in denen sich ekelhaft fette und speckig borstige Schweine in nächtlicher Ekstase suhlten. Der Würgreiz-erregende Gestank von stechendem Kot, Urin und feuchtem, verschimmeltem Heu erreichte hier seinen Höhepunkt und war kaum zu ertragen. Das Surren tausender, Viren-übertragender und abgehackte, auf spitze Pfähle aufgespießte, Kuhköpfe-umkreisender Insekten stach unaufhörlich in meinen Ohren und vervollständigte den Inbegriff von Ekel und Abartigkeit.

Von irgendwo her drang gequältes Stöhnen, von dem ich nicht genau sagen konnte wer oder was diese Laute erzeugte. Mensch oder Kreatur?

Ich hätte auf der Stelle umkehren und diesen furchteinflößenden Ort sofort verlassen sollen, der dem Wort „Hölle" eine völlig neue Bedeutung gab. Doch es war die tief in der menschlichen Seele verankerte Neugier, die mich zu dem törichten Versuch veranlasste einen dieser Müllhaufen zu erklimmen und einen genaueren Blick auf Dunwich zu werfen. Langsam und lautlos kletterte ich auf die Motorhaube eines völlig ausgeschlachteten Automobils von dem ich mich im selben Moment fragte, wie es hier überhaupt her gekommen war, um von dort aus auf ein drahtiges Bettgestell zu klettern, auf dem sich weiterer Unrat stapelte, mir jedoch die Möglichkeit eröffnete hinter den Müllberg zu blicken.

Mein Herz pochte laut und Brustkorb-durchstoßend als ich mich aufrichtete und verstohlen ins Ungewisse hinein spähte. Zwischen den Hütten drang der flackernde, rot-gelbliche Schein eines Feuers hindurch. Ein leichter Windstoß trieb mir den Geruch von schwelendem Plastik und brennenden Autoreifen in die Nase, der mir augenblicklich Tränenflüssigkeit in die Augen schießen ließ.

Während die Welt schlierig verwässerte, erkannte ich einen gewaltigen, Menschen-ähnlichen Schatten in der Nässe erwachsen, der sich groß und wuchtig zwischen zwei Hütten aufbäumte, einen unnatürlich wulstigen Arm plötzlich in die Höhe reißend dessen Hand ein Axt-gleiches Gebilde umklammerte, welches im nächsten Moment auch schon rasend schnell zu Boden fuhr und das gequälte Stöhnen für immer zum Schweigen brachte. Ich schlug die Hände vor dem Mund zusammen um einen Aufschrei zu unterdrücken, geriet ins Taumeln und fiel Rücklings über die Motorhaube hinweg, um unter leisem Ächzen auf dem harten Boden aufzuschlagen.

Sterne explodierten vor meinen Augen und ich drohte das Bewusstsein zu verlieren, doch die grausamen Bilder der letzten Sekunden setzten in mir ungeahnte Kräfte frei. Ich sprang im Schein des hämisch grinsenden Mondes, der das bevorstehende Unheil bereits erahnt hatte auf die Beine, fuhr herum, rannte los, um auch schon unter unaussprechlichen Schmerzen in der Vorwärtsbewegung wieder gestoppt zu werden als die Bärenfalle zu schnappte, Fleisch zerfledderte und Knochen zertrümmerte und ich laut schreiend zusammen brach, eine aufkommende Ohnmacht bevorstehend.

Ein stetig anschwellendes Schlurfen übertönte mein schmerzerfülltes Wimmern und gab mir zu verstehen, dass sich irgendetwas langsam auf mich zu bewegte.

Dann schob sich eine hässliche Fratze kopfüber in mein Blickfeld. Der Geruch von vergammeltem Fisch stach mir in die Nase, gefolgt von ein paar unverständlichen Grunz-, und Kehlgeräuschen und dem ekelerregenden Platschen auftreffender Rotze direkt neben meinem Kopf.

…und ehe ich mich versah, schwanden mir die Sinne.....

Ich hatte wirre Träume von zyklopisch erwachsenden, Schleim-bedeckten Städten in der Tiefe, engen, endlosen Häuserschluchten und bis weit an die Meeresoberfläche führenden Wolkenkratzern zwischen denen ich verloren umher trieb. Ich konnte mich nicht regen, ich konnte mich nicht bewegen. Mein gesamter Leib war gelähmt und brannte vor Schmerz.

Es lag jedoch Frieden in all dieser Starre und Agonie, von der ich hoffte sie würde nie wieder enden. Doch ich spürte wie der Traum meinem Bewusstsein nachgab, mit der schrecklichen Gewissheit den Einwohnern Dunwich's hilflos ausgeliefert zu sein.

Ich erwachte in flimmerndem Wahnsinn, gefüllt von widerlicher Perversion, der die Abartigkeit menschlichen Daseins in ihrer niederträchtigsten Form offenbarte.

Man hatte mich an eine rostige Bahre gefesselt. Ich fühlte mich elend und ausgezehrt. Starke Übelkeit und Schwindel überkamen mich immer wieder in heftigen Schüben. Die Luft roch sauer und gegoren. Dicke, Eier-geschwängerte Fliegen hockten auf meinem nackten Leib, der von unzähligen Wunden und Nadeleinstichen an Armen, Beinen, sowie dem gesamten Oberkörper überzogen war, fraßen sich gierig durch den Schorf und sogen mit ihren klebrigen Rüsseln das Wundwasser auf. Unter starken Schmerzen hob ich meinen Kopf und blickte an mir herunter. Die grausame Wahrheit traf mich vollkommen unvorbereitet und äußerte sich in einem Schwall Erbrochenem, der meine Speiseröhre zum Brennen brachte. Denn dort wo sich eigentlich mein Schienbein hätte befinden müssen, zeigte sich nun nichts weiter als ein abgehackter, blau angelaufener Stumpf an dessen Ende eine bräunlich verkrustete

Masse klebte, von der ein fauliger Geruch ausging.

Im Zustand größter Furcht riss ich von übermenschlicher Kraft begleitet an meinen Fesseln, die sich dadurch jedoch nur noch tiefer in mein Fleisch hinein schnitten und mir dabei die Pulsadern zerfetzten. Erst jetzt wurde mir bewusst, das man mich mit Rasiermesser-scharfem Stacheldraht gefesselt hatte. Blut tropfte auf den morschen Holzboden und sickerte langsam durch die schlecht aneinander gezimmerten Dielen.

Meine Panik stieg ins Unermessliche, als ich mit einem Mal leises Quieken vernahm, das aus den Wänden zu kommen schien. Und plötzlich krochen mehrere hässlich zerzauste Ratten auf meinen Unterleib, die augenblicklich ihre spitzen Zähne in meinen Körper rammten und damit begannen sich durch Bauchdecke und Weichteile zu fressen. Ich schrie allen Schmerz aus meiner Kehle heraus, als im nächsten Moment auch schon die Tür aufflog und eine grobschlächtige Gestalt in die Kammer gehumpelt kam. Ihr Gesicht war zu einem hässlichen „Etwas" verwachsen, bestehend aus fischig trüben Augen, hängenden Augenlidern, einer knollenförmigen, aufgedunsenen Nase und ungemein fleischig lappigen Ohrläppchen. Der Mund war groß, fast Maul-artig und im Inneren zeigten sich dicke, braune Stümpfe gespickt von Essensresten und anderem Dreck. Ich blickte die Gestalt mit einer Mischung aus Ekel, blankem Entsetzen und größter Furcht an, da ich genau wusste, dass ich von ihr keine Hilfe zu erwarten hatte.

Unter heiserem Husten und dreckigem Lachen schob man mich wortlos aus der Kammer heraus in eine Art Wohnraum, in der sich im diffusen, Staubpartikel-gefüllten Zwielicht, das in schmalen Lichtstrahlen durch die krumm und schief verlaufenden Ritzen der Holzwände drang, drei weitere, hässlich entstellte Gestalten in speckig durchgesessenen Sesseln abzeichneten. Schweiß und abgestandener Geruch von Alkohol lasteten schwer in der stickig verbrauchten Luft. Die Drei grunzten wie Schweine als sie mich erblickten und rutschten unruhig auf ihren Sesseln hin und her, ihre dicken, aufgeplatzten Lippen widerwärtig ableckend.

Mein Kopf wurde brachial nach hinten gerissen und mehrere bittere Pillen bis tief in den Rachen gestopft, deren Wirkung kurze Zeit später einsetzte und meinen gesamten Leib vollständig lähmte.

Die Gestalten erhoben sich schwerfällig unter lautem Ächzen und Lechzen und kamen wankend auf mich zu. Geifer rann aus ihren Mäulern, als sie meinen Körper gierig musterten. Für den Bruchteil einer Sekunde durchzog ein diabolisches Funkeln ihre trüben Augen und plötzlich verformten sich ihre Finger auf unnatürliche Weise. Sie wurden mit einem Mal lang und länger und begannen in dürren Kanülen auszuwuchern die Zisten-artig in der schwer atembaren Luft umher fingerten. Ohne Vorwarnung schnellten diese Auswüchse auf mich nieder, bohrten sich durch meine Haut bis tief ins Fleisch hinein und begannen mich auszusaugen. Dann stürzten sich ihre aufgeblähten Leiber sabbernd auf mich, leckten an meinen Wunden, rissen an den Haaren und schlugen wild auf mich ein, während ihre Tentakel-ähnlichen Kanülen nach vollständiger Sättigung ein beißendes Sekret in mich pumpten, die mich zu dem gemacht haben was ich nun bin: Ein Krüppel.

Das Grauen offenbarte sich in all seiner Scheußlichkeit und schlagartig wurde mir bewusst, dass diese Kreaturen seit Wochen meinen Körper missbrauchten, Tag für Tag aus Neue. Stundenlang! Und jedes Mal fielen sie wie Bestien über mich her und vergingen sich auf perverseste Art mit Stock und Schraubenschlüssel an mir. Sie prügelten mir regelrecht die Seele aus dem Leib, schoben mir unaussprechliche Dinge in alle Körperöffnungen, bespritzten mich mit stinkenden Sekreten und nährten sich von meiner Angst, die sie bis zum Äußersten herauszukitzeln verstanden. Nachdem sie mit mir fertig waren ließen sie sich in ihre Sessel fallen, rülpsten und furzten, lachten markerschütternd, tranken selbst-gebrannten Schnaps und gaben weitere widerwärtige Geräusche von sich. Sie begafften mich mit ihren fischigen Augen und bewarfen mich mit allerlei Müll, der sich hier auf dem schmierigen Ungeziefer-befallenen Boden fußhoch stapelte.

Man ließ mir nur so viel Kraft, dass ich mich nicht wehren, befreien oder fliehen konnte.

Meinen Körper haben sie bereits verstümmelt und entweiht, doch meinen Verstand werden sie nicht brechen. Er befindet sich bereits weit weg, an einem Ort an den sie mir nicht folgen können. Ich habe einen Alptraum im Alptraum erschaffen, der mich vor dem Grauen in Dunwich schützen soll. Denn dieser Alptraum hier oben im 18. Stockwerk des Carpenter Towers tief im Herzen von Arkham, in dem ich vor mich hin vegetiere und langsam verwese ist tausend Mal erträglicher, als jene bittere Realität da draußen, der ich im Geiste zu entfliehen versuche.

…doch manchmal stürzt meine letzte Bastion in sich zusammen und mein größter Alptraum kehrt zurück…

…denn dann erwache ich wieder in Dunwich……

UNTER LEICHEN

Am Morgen des 30. Juli 1938 wurde der Himmel für wenige Sekunden von einem unheimlichen, Purpur-farbenen Licht erfüllt, das in seiner Intensität so grell und Augapfel-durchstechend war, dass ich noch wenige Minuten später das Gefühl hatte zu erblinden. Meine Netzhaut schien sich abzulösen und irrsinnig tanzende Punkte flackerten wirr in meinem Blickfeld herum. Der Schmerz in meinem Schädel wollte kein Ende nehmen und auch das schrille hochfrequente Pfeifen in den Ohren, das mir beinahe das Trommelfell zum Platzen brachte, hallte noch stundenlang nach.

Das Phänomen wurde von einer gewaltigen Eruption begleitet, dessen Epizentrum irgendwo in den nördlich gelegenen Bergen des Salem Massivs lag. Eine gigantische pilzförmige Explosionswolke, die sich düster und drohend hinter dem Mount Mayhem, nahe Blackwater ausbreitete, ließ darauf schließen, dass irgendein unbekanntes Objekt vom Himmel gefallen war.

Ich werde diesen Anblick niemals vergessen, als sich die Wolke im Fata-Morgana-artigem flimmernden Schein der Sonne, die seit

Wochen unsagbar heiß auf die Erde hinab brannte, Flora und Fauna, Mensch und Tier an den Rande ihrer Kräfte brachte, unaufhörlich weiter in den azurblauen Himmel hinein schob, diabolische Formen annahm und dort in ihrer grausigen Erscheinung für wenige Augenblicke erstarrte, um auch schon in der nächsten Sekunde unter Einsetzen eines scheußlichen Heulens auseinander zu platzen, dass das gesamte Salem Massiv unter diesem phantomartigen, grafitfarbenen Auswurf begrub und der sich nun unaufhaltsam auf unser Städtchen zu schob.

Die Tannen an den Meilen-hohen zerklüfteten, schroffen Berghängen bogen sich unter lautem Ächzen, warfen dann all ihre Nadeln ab und brachen kurz darauf wie Zündhölzer entzwei.

Niemand wagte sich zu regen und niemand wagte sich zu bewegen als der einsetzende Sturm unser Städtchen erfasste und Türen und Fensterläden beinahe aus ihren Verankerungen riss.

Dann ward es mit einem Mal totenstill. Das Zwitschern der Vögel, das Blöken des Viehs und das Bellen der Hunde war Augenblicklich verstummt und die Welt zum Stillstand gekommen.

Erst Minuten später löste man sich aus dieser

ernüchternden Befangenheit. Doch die Welt hatte sich verändert. Die Tiere schienen verstört, nahezu eingeschüchtert. Die Kühe auf den Weiden drängten sich dicht an dicht und versuchten panisch aus den Stacheldraht- umzäunten Koppeln zu entkommen wobei sie sich tiefe Wunden zu zogen. Ganze Vogelschwärme erhoben sich unter lautem Flügelschlag von den Bäumen und verließen diesen Ort in dem der Schrecken wandelte. Selbst unsere sonst so furchtlosen Hunde zogen die Schwänze ein und ergriffen unter lautem Winseln die Flucht.

In den kommenden Stunden, in denen sich die unheimliche Dunstwolke immer weiter auf unser kleines Städtchen zu schob, herrschte reges Durcheinander. Niemand konnte sich erklären was geschehen war. Doch allen war bewusst, dass sich dieses Rätsel nur lösen ließ, wenn wir bis zu seinem Ursprung vordrangen.

Eine kleine Gruppe derer, die bis zu diesem mysteriösen Zwischenfall als unerschrocken galt, entschloss sich in das Salem Massiv einzudringen, um dort nach der Ursache dieses unerklärlichen Phänomens zu suchen. Der Trupp bestand aus Pastor Jacob, dem Schmied Robertson, Bauer Moses und mir.

Wir wollten keine Zeit verlieren, für den Fall,

das dem Städtchen eine ernsthafte Bedrohung bevor stand, trafen umgehend unsere Vorbereitungen für die Reise und kamen um 12Uhr Mittags an der kaum noch befahrenen Straße gen Norden zusammen die in das Bergmassiv hineinführte und sich irgendwo in der Ferne in diesem unwirklichen Chaos aus Asche, Staub und aufgewirbeltem Sand verlor.

Da wir kein Risiko eingehen wollten nahmen wir mehr Proviant, Waffen und Munition mit, als eigentlich notwendig war. Auch den Wasservorrat hatten wir verdoppelt und als wir alles beladen hatten, war der Kofferraum unseres Automobils aus dem vorherigen Jahrzehnt bis zum Anschlag gefüllt.

Dann stellten wir uns in einem Kreis auf und beteten in der brütenden Hitze unter einer groß und gewaltig im Zenit stehenden, unnatürlich gleißend und stechenden Sonne, zu Gott, der uns den langen Weg über beschützen sollte. Wir waren zuversichtlicher Dinge als wir uns bekreuzigten, ins Gefährt stiegen und abfuhren.

Doch Gott hatte diesen Ort schon längst verlassen...

Wir waren bereits mehrere Stunden unterwegs in denen sich nichts Nennenswertes ereignete, der geisterhafte Dunst sich jedoch bis auf knapp 2 Meilen an uns heran geschoben hatte, als es plötzlich geschah. In das monotone Brummen des Motors mischte sich plötzlich ein unterschwelliges, schnell lauter und näher kommendes Grollen, unbekannten Ursprungs.

Wir hielten abrupt inne, stiegen aus dem Gefährt, zogen unsere Waffen und gingen in Anschlag. Mein Herz pochte schnell und Brustkorb-durchstoßend. Mein Atem war flach und die Hände zitterten unkontrolliert. Ich verspürte ein erdrückendes Unbehagen, das langsam in aufsteigende Angst umschlug. Und obwohl ich unsäglich schwitzte, rann mir ein eisiger Schauer den Rücken hinab.

Die Welt um mich herum versank in Bedeutungslosigkeit. Es gab nur noch mein Gewehr, den Finger am Abzug und diese seltsame Dunstwolke, in deren Inneren es mit einem Mal Mahlstrom-artig zu rotieren begann und uns schlagartig bewusst machte, dass, egal was sich darin auch fortbewegte, nun ganz nah sein müsse.

Die Zeit gefror zu Eis als sie in Scharen aus dem Dunst heraus brachen und wir ohne zu zögern das Feuer eröffneten, aber ebenso schnell auch wieder einstellten. Es mussten hunderte von Hirschen, Wildschweinen, Rehen und Elchen sein, die dort in einer gewaltigen

Stampede und in größter Panik auf uns zu preschten.

Eigentlich ein allseits bekanntes Phänomen, doch mit den Tieren stimmte etwas nicht. Ihre Augen waren leer und leblos und ich hatte das Gefühl durch ihre trüben Pupillen hindurch in den Abgrund der Hölle zu starren. Einige Tiere wiesen tiefe Bisswunden auf und Blut rann in dünnen Bächen aus den klaffenden Wunden heraus.

Mir wurde Angst und Bange bei diesem schrecklichen Anblick, doch der Umstand, dass die aufgebrachte Herde direkt auf uns zu walzte, versetzte mich nahezu in Todesangst.

Wir flüchteten uns gerade noch rechtzeitig in das Automobil, als das Chaos über uns herein brach. Unzählige Tierleiber prallten, vom tosenden Lärm tausender klappernder Hufe begleitet gegen die rostige Verkleidung unseres Gefährts und hinterließen durch die Wucht der Aufschläge darin tiefe Beulen. Manche Leiber zerschmetterten regelrecht an der Karosserie und jene Tiere die nicht schnell genug auf die Beine kamen, wurden von ihren Artverwandten gnadenlos überrannt. Blut spritzte in rauen Mengen und färbte die Scheiben unseres Fahrzeuges in ein hässlich tiefes Rot.

Mit einem Mal zersplitterte die Frontscheibe des Gefährts und ein seltsam aufgeblähter, schwammiger Leib eines Wildschweines schoss frontal durch sie hindurch. Einer seiner Hauer erwischte mich am Kopf und eine aufkommende Ohnmacht benebelte meinen Verstand. Meine Gefährten schrien erschrocken auf. Der Motor wurde unter lautem Heulen und quietschenden Reifen angeworfen. Dann schwanden mir auch schon die Sinne…

Die allgegenwärtige Schwärze und Stille meiner Ohnmacht wurde plötzlich von mehreren Schüssen zerrissen.

Augenblicklich kam ich zu mir und erkannte durch die zertrümmerte Windschutzscheibe hindurch, wie unser Schmied im phantomartigen Schein der näher rückenden Dunstwolke, die nun langsam dabei war Krallen-artig die Sonne zu umschlingen, mehrere Salven auf ein verstört umher streunendes Reh abfeuerte, das von den eintretenden Projektilen jedoch völlig unbeeindruckt blieb. Das Tier hätte augenblicklich tot sein müssen, doch es lief unbeirrt weiter. Dann eröffneten die Anderen das Feuer. Das Reh wurde von mindestens 20 Kugeln durchlöchert, die jedoch keinerlei

Wirkung zeigten. Erst als ein Streifschuss seinen Kopf traf, fiel es um und zuckte spastisch.

Der Pastor kam zu mir herüber geeilt und erkundigte sich nach meinem Befinden als ich aus dem Wagen ausstieg während die Anderen sich fassungslos um das Tier versammelten, das zu aller Verwunderung noch immer lebte.

Ich musste einmal kräftig würgen, denn der Anblick des am Boden zappelnden Rehs war grauenvoll. Zu den unzähligen Schussverletzungen kamen dutzende Bisswunden, die aussahen, als wäre das Fleisch regelrecht aus dem Leib heraus gefetzt worden. Aus dem aufgeplatzten Unterleib quollen die Eingeweide heraus und die offen liegenden Rippen waren mehrfach gebrochen. Dieses Ding hier, hätte sich unter normalen Umständen keinen Zentimeter mehr bewegen dürfen, versuchte aber dennoch verzweifelt auf die Beine zu kommen. Ein einziger Schuss direkt in den Kopf des Tieres erlöste es schließlich von seinem Leid.

…und dann brach die Dunstwolke und mit ihr ein unaussprechliches Grauen über uns herein. Augenblicklich verloren wir die Orientierung und unser Automobil war nur noch als wage wahrnehmbarer, stark verbeulter Schemen erkennbar. Wir durften es auf keinen Fall aus den Augen verlieren, wenn wir nicht ohne Proviant zurück bleiben wollten.

Es war düster und feucht klamm hier im Inneren dieses Auswurfs. Der Atmospärenwechsel kam so plötzlich, dass wir auf der Stelle zu frieren begannen. Unser Atem hinterließ bizarr kräuselnde Dunstwolken in diesem, auf der Haut prickelnden Brodem. Pastor Jacob ging in Anschlag, sicherte uns nach vorne und Bauer Moses nach hinten ab, während wir zu unserem Gefährt hinüber eilten, das jeden Moment von dicken, schlackig schwulstigen Nebel-artigen Fetzen verschluckt zu werden drohte.

Die Karosserie war stark verbeult und an manchen Stellen aufgerissen. Mehrere abgebrochene Geweihe steckten in Motorhaube, Dach und Seitenverkleidung. Zerfledderte und tot getrampelte Tierleiber, bei denen bereits eine unerklärliche fortgeschrittene Verwesung eingesetzt hatte, lagen wild verstreut und unnatürlich verrenkt auf dem, von unzähligen Schleif- und Blutspuren überzogenen Boden.

Gemeinsam wuchteten wir das durch Kopfschuss niedergestreckte Wildschwein aus dem Auto, das unter lautem Klatschen auf dem Untergrund auftraf und widerwärtig zerplatzte.

Angeekelt und unter äußerstem Widerwillen stiegen wir in unser Gefährt, in dessen Inneren es nach geronnenem Blut und verrottetem Kadaver stank.

Schmied Robertson versuchte den Motor zu starten, doch er wollte nicht zünden und alle Bemühungen ihn zum Laufen zu bringen scheiterten. Ich wies ihn an die Motorhaube zu öffnen und die Scheinwerfer einzuschalten.

Unter lautem Aufschreien fuhren wir zusammen, denn urplötzlich schob sich eine blutbesudelte, hinkende Gestalt aus der diffusen Dunkelheit heraus und in die hohlen Lichtkegel unseres Fahrzeuges hinein.

Pastor Jacob ging erneut in Anschlag. Wir waren in höchste Alarmbereitschaft versetzt und unsere Nerven bis zum Zerreißen gespannt.

Ein kaum merklich, unverständliches Wimmern reihte sich in die Stille, dessen Bedeutung uns nur wenige Verstand-zermürbende Momente später in all seiner Grausamkeit befiel und in Schockstarre versetzte…

Die seltsame Erkrankung der Bewohner Blackwaters kam mit diesem Ding, das vom

Himmel gefallen war und die augenblicklich von vielen Einwohnern Besitz ergriff. Die Menschen fielen plötzlich wie Bestien übereinander her. Mütter bissen ihre Neugeborenen, Väter ihre Söhne und nachdem der Tod unzählige Einwohner dahin gerafft hatte, erwachten diese kurze Zeit später zu neuem Leben. Die Toten waren zurück gekehrt und das Virus unersättlich.

Man informierte umgehend die Regierung, doch es war bereits zu spät. Noch ehe das Militär nach knapp 2 Stunden eintraf, waren bereits hunderte Überlebende aus Blackwater geflüchtet und man musste davon ausgehen, dass diese ebenfalls infiziert waren, erklärte der Fremde, der sich unter Schmerzen immer wieder krümmte und laut aufstöhnte.

Dann verdrehte er die Augen, verlor das Bewusstsein und fiel Bauer Moses direkt in die Arme. Der wiederum versuchte den Fremden aufzurichten. Dabei brachen unter grausigem Knacken und Krachen plötzlich sämtliche Knochen im Leib des ohnmächtig Gewordenen, die Gliedmaßen verrenkten sich und er versuchte in der nächsten Sekunde unter hasserfülltem Fauchen seine Zähne in Bauer Moses Hals zu rammen. Dieser reagierte jedoch blitzschnell und riss geistesgegenwärtig seine Arme in die Höhe, so dass die Attacke des Angreifers fehl schlug. Dabei fügte der Fremde ihm jedoch eine tiefe Bisswunde an der Hand zu. Schmied Robertson versetzte dem Angreifer einen Tritt in die Magengrube, so dass dieser benommen zurück taumelte. Dieses Ding da vor uns hatte nur noch im Entferntesten Ähnlichkeit mit einem Menschen. Seine Augen waren trüb und glasig, der Kopf aufgebläht und die Haut pergamentartig, von tiefen Rissen und Pusteln überzogen. Ungelenk stakste es mit ausgestreckten Armen auf uns zu.

Dann gab es plötzlich einen lauten Knall, gefolgt vom Aufflammen grellen Mündungsfeuers.

Die Ladung Schrot verfehlte ihr Ziel nicht. Die abgefeuerten Kugeln fraßen sich ihren Weg frontal in den Schädel dieser Leichen-gleichen Gestalt hinein, deren gesamter Kopf regelrecht auseinander gefetzt wurde. Eine zweite Ladung Schrot durchsiebte den Oberkörper und fegte dieses Ding durch die Wucht der auftreffenden Kugeln von den Beinen. Der Geruch von Schießpulver hing schwer in der Luft und dünne Rauchfäden kräuselten sich gespenstisch aus Pastor Jacobs Schrotflintenlauf heraus.

Wir verarzteten Bauer Moses Wunde mit etwas Jod und legten ihm dann einen Verband an. Er hatte mit einem Mal hohes Fieber bekommen und schwitzte stark. Während Pastor Jacob uns nach allen Seiten mit gezogener Flinte absicherte, hievte Schmied Robertson, Bauer Moses umständlich ins Gefährt, dem es nun immer schlechter ging.

Ich inspizierte den Motor und hatte nach ein paar Minuten das Problem behoben.

Unsere Mission war von Anfang an zum Scheitern verurteilt. Jetzt ging es nur noch darum unsere Liebsten zu retten und zu überleben. Denn eines war gewiss, wir waren nirgendwo mehr sicher. Es würde nicht lange dauern bis entweder diese Dinger oder das Militär unser Städtchen überrannten.

Nach knapp 15 Minuten des ziellos Umherfahrens in diesem furchteinflößenden Dunst, fanden wir zurück auf die rettende Straße, die uns direkt nach hause führte. Die hohlen Lichtkegel unserer Scheinwerfer glotzten verstört in das schummrige Zwielicht hinein und verloren sich nach wenigen Metern in diesem unwirklichen Nichts.

Mich beschlich ein mulmiges Gefühl je näher wir unserem Städtchen kamen und ich rutschte nervös auf dem Fahrersitz hin und her, immer die Straße im Blick, um nicht wieder vom rechten Weg abzukommen.

Mit einem Mal schrie Robertson neben mir auf. Bauer Moses hatte seine Zähne in den Hals des Schmieds geschlagen und ihm ein großes Stück Fleisch heraus gerissen. Blut spritzte in unregelmäßigen Intervallen aus der zerfledderten Halsschlagader. Der Anblick war entsetzlich und ich konnte nur mühsam eine aufkommende Ohnmacht unterdrücken.

Pastor Jacob zückte sein Messer und durchtrennte mit einem einzigen Schnitt Bauer Moses Kehle, den er gleich darauf aus dem Auto beförderte. Sein Leib schlug hart auf dem schlecht geteerten Asphalt auf und zerschellte dann an einem neben der Straße gelegenen Felsbrocken. Schmied Robertson ereilte dasselbe Schicksal, denn wir wussten nun, dass sich dieser früher oder später auch in einen dieser Wahnsinnigen verwandeln würde.

Der hohe Kirchturm unseres Städtchens in dem die große gusseiserne Glocke ruhte, schob sich grob und schlecht schraffiert aus dem Grafit-farbenen Dunst heraus und offenbarte den Alptraum-artigen Wahnsinn in seinen grässlichsten Auswüchsen, Höllen-gleich.

Unser friedliches Städtchen war nun nichts weiter als eine klaustrophobische, nach tot und

Verwesung stinkende Gruft, dessen Tore sich für immer hinter uns schlossen, als wir in sie einfuhren.

Die aufkommende Verzweiflung in Kombination mit zerreißender Hilflosigkeit brachte mich beinahe um den Verstand. Es waren grauenvolle Bilder die in heftigen Fieber-haften Schüben über mich herein brachen. Ich erkannte den kleinen Jimmy Miller mit gebrochenem Genick am Straßenrand liegen, Susi Meyers lehnte blutverschmiert und ausgeweidet an einer flackernden Laterne und Bürgermeister LeStrange hing mit ausgerissenen Gliedmaßen und zertrümmertem Rückgrat, rücklings über einem Feuerhydranten. Unzählige Einwohner die in Panik versucht hatten diesem Irrsinn zu entkommen, zeigten sich, schrecklich entstellt in den blutgetränkten Straßenzügen. Es gab keine Überlebenden. Sie waren alle tot.

Wir steuerten direkt auf die alte Kirche zu, in der wir Zuflucht finden wollten. Doch zwei Straßenzüge entfernt versagte erneut der Motor. Unsere Scheinwerfer flimmerten hektisch auf und erloschen im nächsten Moment unter leisem Knistern, als die Drähte in den Birnenköpfen zerrissen und rostfarben darin verglühten.

Unter leisem Fluchen stiegen wir aus dem Gefährt, deckten uns mit Waffen und Proviant ein und machten uns umgehend auf den Weg Richtung Gotteshaus.

Die allgegenwärtige Stille und der faulig stinkende Geruch verwesender Leiber waren unerträglich. Sie lagen überall wild verstreut in Hauseingängen, aus geöffneten Fenstern oder zertrümmerten Schaufenstern heraus. Einige Male mussten wir sogar über kleinere Leichenanhäufungen hinüber steigen, die uns den Weg versperrten…

…und dann erreichten wir endlich den großen Platz vor der alten Kirche. Doch mit seinem Betreten erwachten die Leichen um uns herum plötzlich zu neuem Leben. Sie erhoben sich schwerfällig und Grab-gleich unter lautem Stöhnen und Wehklagen, so dass mir das Blut in den Adern gefror. Von allen Seiten, aus allen Straßen und allen Gassen schoben sie sich auf uns zu. Sie humpelten, hinkten, wankten und krochen unaufhaltsam in unsere Richtung, getrieben vom unbändigen Drang die Lebenden auf brutalste Weise zu entweihen, damit diese als eine der Ihrigen aus der Hölle zurück auf die Erde kommen konnten.

Ich sehe sie noch immer vor mir, diese hässlichen hasserfüllten schrecklichen Fratzen die bis zur Unkenntlichkeit entstellt waren und aus deren ausgefledderten Mäulern grünflüssiger Speichel tropfte.

Es waren einfach zu viele, als dass wir sie alle hätten erledigen können. Deshalb schossen wir uns den direktesten Weg bis zur Kirche frei. Ein ums andere Mal schien die Lage aussichtslos. Doch der unbändige Überlebenswille, gepaart mit der Durchschlagskraft unserer Waffen verlieh uns ungeahnte Kräfte, so dass wir es tatsächlich bis in die Kirche hinein schafften, dessen altehrwürdiges Portal hinter uns krachend ins Schloss fiel. Ich wollte umgehend die Tür verbarrikadieren, doch Pastor Jacob hielt mich zurück und schüttelte den Kopf. Zuerst verstand ich nicht, doch als er seine Unterarme entblößte, die von mehreren Bisswunden überzogen waren wusste ich, dass es für ihn keine Rettung mehr gab.

Ich regte mich nicht vom Fleck, als er langsam und gesenkten Hauptes im dimmen Licht flackernden Kerzenscheines zum Altar hinüber Schritt, davor auf die Knie ging und sein letztes Gebet sprach.

Minutenlang verharrten wir in völligem Schweigen und ich vergaß kurzzeitig den Wahnsinn der da draußen infernalisch vor den

Kirchenmauern tobte.

Ich bedankte mich bei Pastor Jacob für seine Hilfe, der mich anschließend von meinen Sünden frei sprach. Dann drehte er sich um, stieß die Kirchenpforte auf, die ich hinter ihm sofort wieder schließen sollte und eröffnete das Feuer. Die lebenden Leichen schienen sich wie eine Wand vor dem Pastor aufzubäumen, die unaufhörlich an Höhe und Breite gewann. Sie schwoll immer weiter an und wirkte in ihrer Gesamtheit wie eine gewaltige, Tentakel-überzogene Bestie, die dann in einer einzigen tosenden Welle über Pastor Jacob zusammen brach, ihn verschluckte und die Untoten in das Kirchenschiff hinein spülte.

Ich flüchtete mich in den alten Glockenturm, kauerte mich in eine Ecke, schlug die Hände über dem Kopf zusammen und begann bitterlich zu weinen.

Es sind bereits 3 Wochen vergangen und dieser seltsame Dunst wabert noch immer in den Straßen und Gassen. Anfangs hatte ich gehofft er würde sich irgendwann lichten. Doch er schien mit der Zeit noch dichter und undurchdringlicher geworden zu sein.

Auch das Militär ist nicht gekommen. Es ist niemand gekommen, keine Menschenseele und das tägliche, mehrstündige Glockenläuten mit dem ich auf mich aufmerksam machen wollte, blieb bis heute ungehört. Die lebenden Leichen sind noch immer da, sie verwesen, aber sie sterben nicht. Und manchmal frage ich mich, wer hier überhaupt der Verdammte ist: Diese wandelnden Untoten, denen keine Seele mehr innewohnt, die nichts weiter als ausgebrannte Hüllen sind, frei von jedweder Qual und jeglichem Bewusstsein oder bin ICH es, der hier oben in dem alten Glockenturm einsam und verlassen vor sich hin vegetiert?! Mein Proviant neigt sich langsam dem Ende entgegen und ich weiß das niemand kommen wird um mich zu retten.

Ich habe mich längst an das niemals enden wollende Stöhnen dieser lebenden Leichen dort unten gewöhnt. Es liegt etwas Friedvolles und Unbekümmertes in diesem traurigen Trance-ähnlichen, beinahe hypnotisierenden Singsang den sie verbreiten.

Sie rufen....
Sie rufen nach MIR....
...und ich werde nun zu ihnen hinab steigen, auf das ich einer von ihnen werde, ewig wandelnd durch die Straßen und Gassen unseres kleinen Städtchens Arkham....

„Aber ich möchte nicht unter Verrückte kommen", sagte das Mädchen.

„Oh, das kannst du wohl kaum verhindern. Wir sind hier nämlich alle verrückt. Ich bin verrückt, du bist verrückt", sprach die Katze.

„Aber woher willst du wissen, das ich verrückt bin?", wollte das Mädchen wissen.

Da antwortete die Katze breit grinsend:" Wenn du es nicht wärst, dann wärest du nicht hier!"

Lewis Caroll, Alice im Wunderland

TENNENBAUM

Es vergeht kein Tag, ohne das sich diese ständig wiederkehrenden Alptraum-haften Bilder wie ekelerregende Parasiten in meinem Kopf ausbreiten, meinen Verstand mit Grauen infizieren und den Wahnsinn in seiner widerwärtigsten Form erneut zum Leben erwecken.

Ich erzähle mir diese Geschichte immer und immer wieder, in der Hoffnung dass sie irgendwann ein glückliches Ende nimmt. Deshalb erzähle ich diese Geschichte auch jedes Mal anders, hoffend diesen niemals enden wollenden Alptraum dadurch endlich abwenden zu können. Doch im Endeffekt ist das reine Zeitverschwendung, denn egal welchen Verlauf die Geschichte auch nimmt, am Ende wartet und bleibt immer ein Monster zurück.....................

29. Juli 1939

Wir waren zu dritt, als wir uns in einer lauen Sommernacht im Zustand alkoholischer Euphorie dazu hinreißen ließen, dem Anwesen derer von Tennenbaum einen nächtlichen Besuch abzustatten, jenes erhabene, auf einem Grabhügel-förmig gelegene und von unzähligen Zypressen umgebene Herrenhaus, um das sich seit jeher unzählige unheimliche Geschichten rankten.

Ich erinnere mich noch genau an die schrecklichen Ereignisse von einst und wie das Grauen seinen Lauf nahm.

Schwerer Donner grollte schwellend in der Ferne und beschwor unter lautem Heulen des plötzlich aufkommenden Windes ein schnell näher rückendes Unheil, welches den Himmel in ein furchteinflößendes, unwirkliches Licht tauchte und das sich wenige Minuten später in Form eines Sintflut-artig einsetzenden Wolkenbruches, der von unzähligen spastisch zuckenden, bis tief in die Erdeingeweide hinein schlagenden Blitzen begleitet wurde, über uns dämonisch und infernalisch entlud. Der Regen rann in irrsinnig grotesken, nässenden Nessel-artigen Narben und unheilvoll lodernden Farben, die einst edel lackierte Karosserie unseres nun stark korrodierten Automobils aus dem vorherigen Jahrhundert hinab. Millionen von Regentropfen prasselten unaufhörlich auf das Dach des Fahrzeuges und die abgenutzten Scheibenwischer hatten größte Mühe die auftreffenden Wassermassen von der, durch unseren feuchten Atem schlagartig beschlagenen Windschutzscheibe zu wischen. Die hohlen Lichtkegel der Autoscheinwerfer glotzten verstört in die schummrige Dunkelheit hinein und versuchten krampfhaft das Gefährt sicheren Weges über die alte Kopfstein-gepflasterte Straße zu befördern, die sich in hunderten wirren Kurven und Serpentinen durch die engen Häuserschluchten der Stadt schlängelte.

Nach knapp einer Stunde Fahrt über unzählige marode Brücken hinweg, vorbei an heruntergekommenen, Ruß-geschwärzten, Qualm-umhüllten Fabriken, dreckigen Gassen, verlassenen Friedhöfen, Öl-verpesteten Flüssen auf deren Oberflächen aufgeblähte, stinkende Fischleiber vergammelten, lösten wir uns aus dem Dunstkreis dieser verabscheuungswürdigen Stadt, von der ich wusste, dass ich bis ans Ende meiner Tage an sie gefesselt war und in der ich niemals enden wollende Lethargie und ewiges Leid ertragen sollte, um auch schon im nächsten Augenblick einem weiteren, Verstand-zerfressenden Alptraum gegenüber zu stehen.

Denn auf einem Hügel einer sich weitläufig erstreckenden Parkanlage, die von einem hohen spitzen gusseisernen Zaun eingefasst war, zeichnete sich düster und drohend das alte im gregorianischen Stil erbaute Herrenhaus der Familie Tennenbaum hinter dicht herabstürzenden Regensäulen ab.

Das Anwesen wirkte wirr und verstörend auf einen pergamentartig flimmernden Untergrund aufgetragen, unter dessen Oberfläche sich Fieber-pulsierende Muster Dämonen-gleich abpausten und dunkle, Ranken-förmige Gebilde die Oberfläche zu durchstoßen versuchten.

Fast mochte man glauben das Herrenhaus mit seinen umliegenden kuppelartigen Gewächshäusern stamme aus einer anderen, einer abgrundtief bösen, vom Wahnsinn durch-wucherten Dimension, das nur darauf warte, bis jemand die Pforten in unsere Welt zu öffnen wagte.

Der alleinige Anblick dieses düster porträtierten Panoramas trieb mir einen gewaltigen Schauer über den Rücken und ich versuchte den erstickenden Kloß in meinem Hals mit einem großen Schluck schal gewordenen Bieres hinunter zu spülen. Die Luft knisterte vor Spannung und in unsere bis dahin ausgelassene Stimmung hatte sich nun der unterschwellige Geschmack von Beklemmung gefressen.

Nun verstand ich, warum die Einwohner der nahegelegenen Stadt diesen Ort mieden: Es heißt der Wahnsinn habe sich damals wie ein Geschwür durch die altehrwürdigen Mauern hindurch gefressen und die gesamte Familie nach und nach „verwandelt". Seit ihrer äußerst brutalen und fleischigen Ermordung das nach wie vor ein Rätsel darstellt, wagte sich niemand mehr auch nur in die Nähe des Anwesens und selbst der Name „Tennenbaum" wurde nur noch unter äußerstem Widerwillen und hinter vorgehaltener Hand ausgesprochen, fast so, als fürchte man sich durch das alleinige Aussprechen des Familiennamens einen scheußlichen Fluch anzulasten.

Eine lähmende Befangenheit ließ mir das Blut in den Adern gefrieren und paralysierte meinen gesamten Leib, während zeitgleich ein unsichtbares Grauen meinen Körper streifte und all meine Haare zu berge stehen ließ.

Wir warteten knapp eine halbe Stunde bis der Regen endlich aufhörte.

Die Luft hatte sich merklich abgekühlt und die dicken Gewitterwolken waren weiter gen Osten gezogen, um sich dort ihre prall gefüllten, Regen-geschwängerten Leiber an den unzähligen, düster anzusehenden, eng aneinander stehenden Hochhäusern aufzureißen und die Welt darunter in triefender Nässe zu ertränken. Durch den plötzlichen Temperatursturz wandelten draußen vor der Windschutzscheibe nun bizarre Hexen-artige Nebelschwaden, die lethargisch und geisterhaft im Licht der dampfenden Scheinwerferabdeckungen hin und her waberten und uns und unser Automobil einzuweben versuchten. Über dem feuchten, blitzzerfurchten Untergrund neben der Straße hatte sich ein milchiger, beinahe Phantom-artiger Dunst gebildet, der den Anschein erweckte man würde in ihm versinken sobald man ihn betrat.

Als der Mond sich endlich hinter einer zurückgebliebenen umher irrenden Wolke hervor wagte, tauchte er die Welt in ein unheilvolles Rot-farbenes Licht, das einem das Gefühl suggerierte, es hätte Blut vom Himmel herab geregnet. Denn ausgerechnet in dieser verhängnisvollen Nacht des 29. Juli 1939 war der Mond in den Kernschatten der Erde eingetreten und das Sonnenlicht von der Erdatmosphäre aus Richtung Mondschatten gelenkt worden, was diesen unheilvollen Blutmond zur Folge hatte. Dieses Phänomen ereignete sich nur zwei Mal im Jahr und ließ alle möglichen Kultisten, Satansanbeter, Besessene und andere Spinner vollkommen durchdrehen. Sie hielten schwarze Messen ab, riefen den Teufel an, opferten Tiere oder kamen auf andere, völlig geisteskranke Ideen!

Schwindel überkam mich für einen kurzen Augenblick, als ich in diese rot-nässende, Blut-gleiche Hölle da draußen blickte von der ich glaubte, der Leibhaftige selbst würde gleich aus den Nebelschwaden heraus brechen, uns die Herzen aus der Brust reißen und ins Fegefeuer verschleppen, dort wo wir unter schrecklichsten Qualen bis in alle Ewigkeit ausbrennen und verkohlen sollten...

Ich atmete tief durch und verdrängte die grausigen Gedanken, denn schließlich war ich keiner von diesen Spinnern, die an solchen übernatürlichen Schwachsinn glaubten und die heutige Nacht auf abartige Weise zelebrierten. Bei diesem Phänomen am Firmament handelte es sich schlicht und einfach um eine bestimmte Planetenkonstellation, die den Mond dadurch rot erstrahlen ließ.

Meine Finger zitterten dennoch, als ich das Handschuhfach öffnete und unsere Taschenlampen daraus hervor holte. Ich überreichte sie meinen beiden Gefährten und wir blickten uns ein letztes Mal tief in die Augen. Dann leerten wir unsere Bierdosen, nickten uns entschlossen zu und stiegen aus dem Gefährt, das wir knapp 100 Yards vor dem riesigen, gusseisernen Tor geparkt hatten. Ein allumfassender ca.10 Fuß hoher Zaun, an dessen Oberkante, Rasiermesser-scharfer Stacheldraht angebracht war und der jedem Eindringling unweigerlich schwere Verletzungen zuführen würde, trennte den riesigen Besitz derer von Tennenbaum vom Rest der Welt.

Irgendein Regierungsbeamter hatte damals den Zaun mit unzähligen Warnschildern versehen, der einem das Betreten des Grundstückes ausdrücklich untersagte und die unversehrten Eisenketten mit ihren dicken Vorhängeschlössern an den Toren ließen darauf schließen, dass diese Warnhinweise bis jetzt Wirkung gezeigt hatten. Doch wahrscheinlich wären diese Vorsichtsmaßnahmen gar nicht notwendig gewesen, denn die Einwohner der Stadt hatten viel zu große Angst sich hier her zu begeben.

Warnschilder und Schauergeschichten hin oder her, wir ließen uns von solchen Erzählungen nicht abschrecken und schlugen alle Warnungen in den Wind, denn der Rausch des Alkohols ließ uns heroischen Tatendrang verspüren und vermittelte einem das Gefühl unangreifbar und unbesiegbar zu sein. Zudem glaubte ich, Dinge dadurch besser verdrängen und mich somit schneller wieder auf den Boden der Tatsachen bringen zu können.

…Zumindest erhoffte ich mir das….

Ich muss jedoch zugeben, das sich die anschwellende Angst, die sich beim Betrachten des Anwesens in mir angestaut hatte nicht mehr so einfach verdrängen ließ. Denn das Herrenhaus wirkte nun mit seinen unzähligen, böse dreinblickenden Fenstern im matt rötlichen, Fiebertraum-ähnlichen Schein des Mondes wie eine schreckliche Kreatur aus unbekannten Tiefen des Weltalls, die, sobald einen einmal verschluckt, nie wieder ausspucken würde.

Ich erschrak als plötzlich der Kofferraum hinter mir zugeschlagen wurde und einer meiner Begleiter breit grinsend an uns vorbei schritt, einen Bolzenschneider lässig über seiner Schulter hängend. Er hielt vor dem Tor inne und ließ auch schon im nächsten Moment das Schneidwerkzeug auf die schweren Ketten nieder sausen, die durch die Anspannung seiner Muskelkraft und dem Scherendruck unter metallischem Klang theatralisch zerbarsten. Quietschend schwangen die Torflügel zur Seite und gaben den Weg in die von wild ausgewucherte, Zypressen-bewachsene Parkanlage derer von Tennenbaum frei.

Ich hatte plötzlich das Gefühl von etwas Formlosen und Bösen gestreift worden zu sein, just in dem Moment als die Ketten fielen, das Tor aufschwang und der Hauch des Unnennbaren einen schwarzen Fleck in meine Seele hinein brannte, während dieses unsichtbare Etwas wie eine entfesselte Furie hinter uns in der Nacht verschwand.

Es wurde mit einem mal merkwürdig ruhig als wir in den Park eintraten. Das Säuseln des

Windes, das Schreien der Käuzchen und all die anderen vertrauten nächtlichen Geräusche verstummten abrupt und alles verschlingende Stille legte sich wie ein Leichentuch über die Umgebung.

Das Einzige was ich noch zu hören vermochte, war das monotone Rauschen des Blutes in meinen Ohren und der schnelle Herzschlag der aufgebracht gegen meine Schläfen pochte.

Wir ließen den Schein unserer Taschenlampen in die Ferne schweifen, die irgendwo in der Kühle der Nacht zerfaserten. Die alten Zypressen wirkten wie Titanen-hafte Gestalten die mahnend am Wegesrand standen und uns misstrauischen Blickes beäugten.

Nachdem der erste Schauer verflogen war, bahnte sich nun das Gefühl von Nervenkitzel einen Weg in unsere Leiber, denn wir waren seit Jahrzehnten die ersten Menschen, die wieder einen Schritt auf dieses Anwesen gesetzt hatten, was uns zum Einen mit Stolz und zum Anderen mit Ehrfurcht erfüllte. Wir waren erregt und konnten es kaum erwarten welche Geheimnisse sich uns hier offenbarten.

Und so beschlossen wir zuerst die Gewächshäuser in Augenschein zu nehmen, um das Herrenhaus anschließend als krönenden Abschluss gründlich zu inspizieren.

Als wir uns den Gewächshäusern vorsichtig näherten, erkannten wir, dass einige von ihnen über die Jahre hinweg arg in Mitleidenschaft gezogen worden waren. Die Glasfronten waren zersprungen und dicke Splitter lagen wirr verteilt auf dem feuchten Boden herum, in denen sich unsere Gesichter als hässliche Fratzen verstörend wieder spiegelten.

Seltsame, uns völlig unbekannte Dornen-überzogene, Ranken-förmige Gebilde wucherten in abnormen Formen aus dem Inneren der Gewächshäuser heraus. Sie schienen auf eigenartige Weise zu pulsieren und es war uns vollkommen unmöglich zu sagen ob es sich bei diesen Auswüchsen um pflanzliches oder tierisches Material handelte.

Ich lehnte mich gegen die Tür eines unbeschädigten Gewächshauses und versuchte sie zu öffnen damit wir uns einen Überblick darüber verschaffen konnten wie es in seinem Inneren aussah. Es gelang uns jedoch erst mit vereinten Kräften und beim dritten Versuch die Tür aufzubekommen, da sich einige der Arm-dicken Ranken hinter ihr entlang schlängelten und uns den Zutritt verweigerten.

Im Inneren war es unglaublich schwül und der Geruch von beißendem Ozon hing schwer in der Luft. Doch da war noch etwas anderes.

Eine unterschwellige Würgreiz-erregende Nuance von vergammeltem Fisch mischte sich in die drückende Atmosphäre den wir uns nicht erklären konnten. Zuerst glaubten wir der Gestank rühre vom Geruch abgestandenen Wassers her, doch zu unserer Verwunderung war in den Becken, aus denen die Ranken heraus wucherten kein Wasser vorhanden. Viel merkwürdiger war jedoch die Tatsache, das die Becken schier endlos in die Tiefe zu führen schienen, denn die Strahlen unserer Taschenlampen verloren sich irgendwo weit unten in der Finsternis dieser schwarzen Löcher, aus deren Unendlichkeit ein klägliches Säuseln drang, als fege der Wind durch unbekannte, unterirdische Höhlen und versuche verzweifelt einen Ausweg zu finden.

Doch vielleicht war dieses grässliche Säuseln auch materiellen Ursprungs.

Ich musste kräftig schlucken. Allein die Vorstellung, dass sich hier noch irgendjemand oder „irgend etwas" herum treiben könnte, versetzte mich in einen Zustand „größeren Unbehagens". Auch meine Gefährten schienen sichtlich eingeschüchtert. Sie versuchten sich jedoch nichts anmerken zu lassen. Allerdings spürte ich ihre zunehmende Nervosität, als ich weiter in das Gewächshaus hinein schritt in dem ein seltsam diffuses Zwielicht vorherrschte, dessen Ursprung nicht durch den Schein unserer Taschenlampen hervor gerufen wurde.

Die Ranken-ähnlichen Gebilde schienen durch die unheimlichen, Schatten-werfenden Strahlen unserer Lampen auf unerklärliche Weise langsam hin und her zu wanken. Einmal glaubte ich sogar eine deutliche Bewegung einer dieser Auswüchse hinter mir wahr genommen zu haben als ich vorsichtig um eine Ecke spähte, um dann abrupt und erschrocken zurück zu schnellen. Ich hatte auf dem schmierigen Untergrund vor mir eine große, tote Ratte erspäht, die auf seltsame Art grässlich entstellt, mumifiziert war und von innen her ausgesaugt worden zu sein schien.

Ich schrie auf und fuhr herum. Genau in dieser Millisekunde glaubte ich im trügerischen Schein meiner Taschenlampe eine dieser Ranken urplötzlich zurück schnellen zu sehen, die sich langsam von hinten zu mir herunter gebeugt hatte, um mich unbemerkt zu packen und zu erdrosseln. Ich rutschte aus und versuchte mich irgendwo festzuhalten, um nicht kopfüber in eines dieser unheimlichen, rabenschwarzen Becken zu stürzen. Dabei ergriff ich eine der unzähligen Ranken, von deren Dornen-bewachsenen Spitzen eine klare, undefinierbare Flüssigkeit tropfte. Obwohl es nur ein kleiner Stich war hatte ich das Gefühl ich hätte meinen Arm in Säure getaucht. Der Schmerz war kaum zu ertragen, doch irgend etwas hinderte mich daran zu schreien. Im Gegenteil, ich lächelte zufrieden und verzog keine Miene, während ich innerlich zu verbrennen drohte. Denn da war etwas, das mich daran hinderte meine Pein nach außen zu tragen und diese meinen Gefährten Preis zu geben.

Schreckliche Bilder von nautischen Tiefen in denen das Chaos regierte explodierten plötzlich vor meinen Augen. Wulstig geschwollene, Saugnapf-überzogene Tentakel durchbrachen dieses wirre Durcheinander, rasten auf mich zu und zuckten unkontrolliert nur wenige Millimeter vor meinem Gesicht auf und ab. Dann umschlangen sie Pfeil-schnell meine Kehle und zogen blitzartig zu, so Doll und so fest, dass meine Augäpfel aus ihren Höhlen zu quellen drohten.

Ich begann zu röcheln und würgen, mich irgendwie aus dieser Umklammerung zu lösen. Verzweifelt zappelte ich hin und her, versuchte auszubrechen, doch die von allen Seiten auf mich zu kommende Schwärze raubte mir jegliche Lebenskraft, bis ich irgendwann tief unten in vollkommener Stille und absoluter Finsternis versank....

...nach einer Ewigkeit des Umher-treibens in diesem endlosen „Nichts", drangen plötzlich scheußliche Worte aus meinem Mund. Worte die jedoch nicht die meinen waren. Worte die man mir eingepflanzt hatte und Worte die so grausam waren, das sie in mir ein Gefühl größter Panik hervor riefen, die sich irgendwann in einem lauten einzigen Angst erfüllten Schrei entlud.

Zu meiner Verwunderung erwachte ich auf der Veranda des Herrenhauses derer von Tennenbaum, gebettet auf harten Eichendielen und begleitet von dem monotonen Prasseln der Regentropfen eines erneut nieder gehenden Wolkenbruches.
Meine Gefährten erklärten sogleich, dass sie mich davon abhalten wollten in eines dieser schwarzen Becken hinein zu steigen. Dabei wäre ich ausgerutscht und hätte mir so stark den Kopf angeschlagen, dass ich augenblicklich das Bewusstsein verloren hatte.

Ich kramte in den hintersten Ecken meines Verstandes umher, konnte mich jedoch beim besten Willen nicht mehr daran erinnern, wie es zu dieser Ohnmacht kam.

Doch irgend etwas stimmte an ihrer Aussage nicht. Ich vernahm deutlich eine leise Stimme in meinem Schädel, die unaufhörlich auf mich einredete und mir zu verstehen gab, das die beiden logen. Es war also Vorsicht geboten, denn ihre verstohlenen Blicke die sie sich immer wieder zu warfen bestätigten mir, dass die Zwei mich plötzlich mit Argwohn betrachteten.

Ich richtete mich vorsichtig auf und verdrängte ein aufkommendes Schwindelgefühl. Dabei fiel mein Blick über die Balustrade der Veranda hinweg auf ein mehrfach vergittertes Kellerfenster aus dem ein unwirkliches, purpurfarbenes Licht in wechselnder Intensität drang. Ich hatte noch nie zuvor solch eine merkwürdige Farbe gesehen. Das Licht glich dem schleimigen Auswurf eines uralten, zwischen den Sternen hausenden Molochs das aus den abartigsten und kränksten Fantasien eines Opium-süchtigen Malers zu stammen schien.

Meine Gefährten musterten mich skeptischen Blickes, als ich, nahezu hypnotisiert in den

Regen hinaus trat und zum Kellerfenster eilte, um die Ursache des Lichtes genauer zu erforschen. Doch die Scheiben waren zu milchig und zu zerkratzt, als das ich dessen Ursprung hätte bestimmen können.

Aus dem Augenwinkel durch den Regen hinweg erkannte ich meine Zwei Gefährten auf der Veranda stehen, aufgeregt miteinander tuschelnd. Einer von ihnen fuchtelte mehrfach mit seiner Hand vor seinem Gesicht auf und nieder, was ich als eine auf mich bezogene Schwachsinnsbekundung deutete und die mich innerlich wütend machte.

Anscheinend konnte ich den beiden nicht mehr trauen, doch ich vermied es tunlichst sie auf diesen Umstand anzusprechen.

Stattdessen drängte ich sie dazu mit mir das Herrenhaus zu betreten. Ich musste unter allen Umständen heraus finden, was sich dort im Keller verbarg, denn dieses eigenartige Licht hatte auf mich eine unerklärliche, magische Anziehungskraft.

Staub umwirbelte uns als wir die Pforte des Anwesens aufstießen und der Schein unserer Taschenlampen von den winzigen Partikeln in grotesken Formen reflektiert wurde. Spinnweben hingen in dichten Netzen von der hohen Decke herab, die sich ekelerregend auf unsere Gesichter legten. Einige Fenster waren zersplittert und ihre davor angebrachten, zerschlissenen Gardinen wehten gespenstisch im Sturm, während dicke Regentropfen durch sie hindurch stoben und hässliche Flecken auf dem samt-farbenen, ausgeblichenen Teppich hinterließen. Wahllos auf dem Boden herum liegende Bücher raschelten unheilvoll im stetig anschwellenden Wolfs-gleichen Geheul des peitschenden Windes. Und die spitzen, langen Schatten die hier umher gingen sahen aus wie hässliche Pranken und grässliche Klauen, die ein wirrer Verstand aus dem Limbus eines morbiden Alptraumes mit ins Diesseits gebracht hatte.

Während meine Begleiter zuerst das Obergeschoss erkunden wollten, beharrte ich darauf als erstes in den Keller zu gehen, um die Ursache dieses fahlen, Alien-artig wirkenden Lichtes genauer zu ergründen.
Sie blickten sich einen Moment irritiert an und zuckten dann ratlos mit den Schultern. Dennoch ließen sie sich nicht von ihrem Vorhaben abbringen das obere Stockwerk vorrangig zu erforschen.

Ich wurde wütend und es kam zu einer kurzen Auseinandersetzung mit dem Ergebnis, dass ich auf eigene Faust die Kellerräume erkunden würde, wir aber in ständigem Rufkontakt bleiben wollten.

Im Endeffekt war ich sogar froh sie vorübergehend los zu sein, denn anscheinend ging es ihnen nur darum, mich an meinem Vorhaben zu hindern.

Ich wartete bis sie verschwunden waren und steuerte nahezu fremdbestimmt durch die Eingangshalle auf die Kellertreppe zu, die mit dicken Holzbohlen verbarrikadiert war. Beinahe mit übermenschlicher Kraft riss ich die Bretter ab, ohne den Schmerz zu verspüren, der eigentlich meinen Körper hätte durchfahren müssen als ich mir die Hände und Unterarme aufriss und das Blut in dünnen Bächen auf den staubigen Boden tropfte.

Ein intensiver, jahrelang eingesperrter Geruch von stinkendem Fisch in Kombination mit verwestem Fleisch schoss mir in die Nase und brachte mich augenblicklich dazu meinen gesamten Mageninhalt auf die morschen Treppenstufen zu erbrechen.

Dabei erblickte ich die rostfarbenen, blutigen Schleifspuren, die eindeutig von mehr als einer Person stammen mussten und die erneute

Übelkeit in mir hervor rief. Mein Magen zog sich erneut zusammen und ich spürte wie die Magensäure in Wallung geriet. Ich legte den Kopf in den Nacken und sog die Luft durch den Mund bis tief in die Lunge hinab.

Dabei traf mein Blick auf die holzverkleideten Wände und ich erkannte auf ihr, unzählige weitere durch massive Gewalteinwirkung entstandene Blutspuren, die die Bretter in hässlichen Formen überzogen und mich zu dem Schluss kommen ließen, dass irgendjemand im Zustand völliger Umnachtung wie ein Berserker auf die Opfer immer und immer wieder mit einem scharfen Gegenstand eingestochen hatte.

Krustig verschmierte Handabdrücke auf Boden, Wand und Decke reihten sich in das blutige Durcheinander, von denen ich mich bei einigen fragte wie sie dort hinauf gekommen waren und die mich den langen Abstieg in die Tiefe begleiteten, der unendlich in die Unendlichkeit zu führen schien.

Irgendwann wurde der Schein meiner Taschenlampe von einem pulsierenden, ultravioletten Licht geschluckt, der diese zuerst mehrfach aufflackern und dann vollständig erlöschen ließ, so, als habe ihr etwas komplett die Energie abgesaugt.

Tief unten in einem Achteckigen Raum, der von seltsamen Runen überzogen war, ruhte ein uralter aus Steinen erbauter Brunnen, der hier schon seit Äonen stand. Und aus dem Brunnen drang der unheimliche Schein aus einer anderen Welt, aus dessen Inneren mich etwas zu sich gerufen hatte. Genau heute, genau in dieser Nacht des Blutmondes der Kultisten, Satansanbeter, Besessene und andere Spinner völlig durchdrehen ließ.

Ich beugte mich vorsichtig über den Brunnenschacht hinweg und starrte in das violett-farbende befremdliche Licht hinein. Meine Augen weiteten sich und ich glaubte, Engel würden mich auf samtweichen Wolken betten. Dann verlor ich mich in diesem gleißenden Glanz purer Energie, wunderschönen Klängen und wohliger Wärme.

Und dann schob sich mit einem Mal eine gewaltige, haarige Klaue aus dem Licht heraus und langsam über den Brunnenrand hinweg. Sie hielt einen länglichen Gegenstand fest umschlossen und in diesem Moment wusste ich was zu tun war.

Lauthals rief ich nach meinen Gefährten, die wenige Minuten später keuchend und völlig außer Atem hier unten eintrafen. Ich deutete auf den Brunnen und erklärte ihnen, dass dort in der Tiefe der Ursprung dieses seltsamen Lichtes zu finden sei, man müsse nur hinab steigen.

Meine Gefährten gaben mir jedoch unmissverständlich zu Verstehen, dass sie weder hier unten, draußen, noch sonst wo ein seltsames Licht gesehen oder wahr genommen hätten und es nun das Beste sei, diesen Ort schnellstmöglich zu verlassen, ehe er einen Verrückt mache.

Ich redete auf meine Begleiter ein und bat sie genauer hinzusehen. Sie müssten sich nur kurz über den Brunnenschacht beugen, um festzustellen, dass ich die Wahrheit sagte.

Genervt verdrehten sie ihre Augen, kamen jedoch meiner Bitte nach, damit ich mich beruhigte und wir diesen Ort endlich verlassen konnten.

Ein gewaltiger Energiestoß in Form eines Vulkan-ähnlichen, außerirdischen Lichtauswurfes flutete den Raum, als mein Beil die Leiber meiner Gefährten mühelos in Stücke schnitt und sie beim Hinabwerfen unter klatschenden Geräuschen an der Brunnenwand zerfledderten.

Vollkommen blutbesudelt ließ ich mich auf die Knie sinken, riss die Arme in die Luft und beschwor die Kreatur herauf, um meinen verdienten Lohn in Empfang zu nehmen.

Sie stieg satanisch empor und sprach in leisen, hypnotisierenden Worten zu mir, deren Bedeutung und Aufforderung unausweichlich war.

Dann stand ich auf und stürzte mich kopfüber den engen Brunnenschacht hinab.

Der Aufprall brach mir mehrfach die Wirbelsäule, zertrümmerte meine Gliedmaßen und spaltete meinen Schädel entzwei.

Es gab kein Licht.

Es hatte nie eines gegeben, das wurde mir schlagartig bewusst. Ich war nichts weiter als ein Wahnsinniger, ein Mörder, der nun auf seine gerechte Strafe wartete, den Tod. Doch auch dieser wagte sich nicht an diesen gottlosen Ort tief im Inneren des Anwesens derer von Tennenbaum. Und seit jener verhängnisvollen Nacht des 29. Juli 1939 verfaule ich in einem stinkenden, feucht-klammen Brunnen, der mir zumindest ein wenig Wasser spendet, um nicht zu verdursten. Das Fleisch meiner Gefährten hat bereits zu stinken begonnen, ist zäh und ranzig geworden, doch es schmeckt noch immer.

Ich versuche vergebens diese schrecklichen Bilder zu verdrängen, die sich wie ein dunkles Mal in meinen Schädel gebrannt haben. Doch es vergeht kein Tag, ohne das sie über mir erneut herein brechen. Immer wieder führe ich mir die Umstände vor Augen und versuche die einzelnen Puzzleteile zusammen zu fügen, die mich in diesem komatösen Alptraum erwachen ließen.
Vielleicht…..
….nur vielleicht, wenn ich die Geschichte beim nächsten Mal ein wenig anders erzähle könnte ich sie eventuell zu einem glücklichen Ende bringen.
Doch egal welchen Verlauf sie auch nehmen mag, am Ende wartet und bleibt immer ein Monster zurück….

Der Laichturm

Östlich von Arkham verändert sich die Vegetation auf beängstigende Art & Weise. Dort gibt es große, hochgewachsene Bäume und Sträucher, die jedoch mit jedem weiteren Schritt gen Osten zusehends verkümmern.

Ihre einst voll satt strotzenden, Chlorophyll-gefüllten Blätter, die Stämme, Äste und Zweige verflüssigen sich nun in stinkenden Lachen, um sich dann in grotesken, Tentakel-förmigen Schlieren und anderen abnormen Formen auf dem schlammigen Untergrund zu verteilen. Dürre Gräser und Farne wehen in gespenstischen Bewegungen im lethargisch säuselnden Wind auf und nieder und ein allgegenwärtiger Geruch von Verwesung hängt schwer in der Luft. Blubbernd schmatzende Tümpel und morastige, Tang-überzogene Gewässer unbekannter Tiefe säumen dieses unwirkliche Marschland, soweit das Auge reicht. Umgestürzte, halb verwitterte und von schwammig, glitschigen Pilzen überwucherte Baumstämme strecken sich Leichenteil-gleich aus diesen stinkenden Sumpflöchern heraus, aus denen es, einmal dort hinein geraten, kein entkommen mehr gibt, da die unzähligen, unter der unheimlich kräuselnden Wasseroberfläche befindlichen Schlingpflanzen alles mit sich in dunkle Grabestiefen reißen, was ihnen in die Fänge gerät.

Vereinzelte, halbverfallene Hütten und Häuser aus längst vergangenen Tagen zeichnen sich trostlos und halbexistent in einem immerwährenden Phantom-artigen Dunst ab, der sich wie ein feingesponnenes Spinnennetz vor die Sonne geschoben hat und diese Galgenstrick-gleich, fest umschlungen hält.

Niemand dem sein Leben lieb ist, wagt sich auch nur in die Nähe dieses menschenfeindlichen Gebietes, um das sich seit Jahren unzählige Schauergeschichten ranken.

Die „große Springflut" von einst hatte das ehemals fruchtbare Land zu dem gemacht was es heute ist. Zu einem, der Verdammnis gleichkommenden Ort.

Die Katastrophe ereignete sich völlig unerwartet in einer eisigen Vollmondnacht. Sie hatte tausenden von Einwohnern Massachusetts ihrer Existenz beraubt und weiteren tausend das Leben gekostet. Binnen weniger Stunden war der Wasserspiegel des Atlantiks um mehrere Fuß gestiegen und hatte den Landstrich nördlich von Martins Beach vollkommen verwüstet. Die eingespülten Wassermassen, die nach wie vor wie klaffende Wunden bis weit ins Landesinnere hinein bluten, haben das Gebiet auf einer Fläche von mehr als 100 Quadrat-Meilen, in diesen matschigen, nach Tod und Verwesung stinkenden Moloch verwandelt, dessen ekelerregende Ausdünstungen an manchen Tagen sogar bis in das weit entfernte Arkham getragen werden.

Es gibt nur wenige Straßen, die durch diese verfluchte Sumpflandschaft hindurch führen, in der angeblich nebulöse Gestalten in kalten Herbst Nächten ziellos umher wandeln und Unwissende wie Irrlichter ins Verderben treiben. Doch niemand kann mit Gewissheit sagen, ob diese Ammenmärchen wahr und die Verkehrswege überhaupt noch befahrbar oder bereits zur Gänze im Schlamm versunken sind.

Das kleine, direkt am Atlantik gelegene Dorf Casket Cove, das nicht mehr als 800 Seelen zählt, hat der Katastrophe wie durch ein Wunder getrotzt. Es ist den Einwohnern auf unerklärliche Weise gelungen die überfluteten Wiesen und Weiden in atemberaubender Schnelligkeit vom alles erstickenden Sand, Schlick und Schlamm zu befreien und diese vollständig zu renaturieren. Seit nunmehr 10 Jahren leben die Bewohner Casket Coves vollkommen autark, ohne jedweden Kontakt zur Außenwelt…

….und so war man auch höchst erstaunt, als sich an einem regnerischen Herbstabend des Jahres 1927 ein stark korrodiertes Automobil mit dem Kennzeichen Casket Cove-45 14 hinter dicht herabstürzenden Regensäulen aus der Dunkelheit heraus und Richtung Martins Beach schälte. Der Motor knatterte unregelmäßig und dicke, blass bläulich stinkende Qualmwolken vermengten sich mit Millionen von Regentropfen zu bizarren, Hexen-artigen Gebilden. Die hohlen Lichtkegel der Autoscheinwerfer flackerten mit einem mal mehrfach in der Finsternis auf und erloschen dann urplötzlich, während die Drähte in den Birnenköpfen rostfarben darin verglühten.

Die hochgewachsene, voll-bärtige Gestalt die sich aus dem Automobil schob, erinnerte von ihrer Erscheinung her, an die eines Amish. Sie war vollkommen in schwarze Kleidung gehüllt und trug einen noch schwärzeren Hut auf dem Kopf, den sie bis weit ins Gesicht gezogen hatte, um sich vor neugierigen Blicken und dem herab stürzenden Regen zu schützen.

Vielleicht war es Zufall, vielleicht aber auch Schicksal, dass ich an diesem kalten Septemberabend in diese schauderhaften Ereignisse verwickelt wurde, die mein Leben für immer verändern sollten und mir den Schrecken in seiner abartigsten und perversesten Form offenbarte, dem ich nun bis in alle Ewigkeit Knechtschaft leisten muss.

Natürlich hätte ich stillschweigend meine Probleme im „Cthulhu Inn", einer herunter gekommenen, verdreckten Spelunke, mit einer weiteren Flasche billigen Whiskeys wegsaufen können, doch es gebot immer noch meiner Ehre als vorübergehend suspendierter Polizist aus Arkham, einem Hilfesuchenden seine Dienste anzubieten.

Ich bat den Fremden an meinen Tisch, bestellte ihm ein Wasser und erkundigte mich nach dem Grund seiner Notlage. Der Mann, der sich als Bruder Ishmael vorstellte, erzählte eine haarsträubende Geschichte, die sogar mir als Vertreter des Staatsdienstes, der bis zum heutigen Tage glaubte, alles gesehen und erlebt zu haben, einen gewaltigen Schauer über den Rücken trieb.

Er berichtete, dass in dem kleinen Dorf Casket Cove seit knapp einem Monat ein namenloses Grauen sein Unwesen treibe. Des Nachts verschwänden Kleinkinder und Neugeborene auf bislang ungeklärte Weise. Ein Würgreiz-erregender Geruch von vergammeltem Fisch habe in dem Dorf Einzug gehalten, ab dem Zeitpunkt als das Erste von nunmehr 9 Kindern verschwand. Es gibt keinerlei Hinweise auf den Täter, doch man war sich einig, dass er nicht aus den eigenen Reihen stamme. Alle Einwohner des Küstendorfes seien streng puritanisch erzogen und noch nie in der Geschichte des Örtchens wäre es zu Gesetzesübertretungen gekommen.

Da man in Casket Cove jedwede Form von Waffen und Gewalt ablehne, inzwischen völlig verängstigt sei und keinen anderen Ausweg mehr wisse, benötige man nun die Hilfe eines oder mehreren Außenstehenden, die sich der Sache annahmen.

Natürlich erklärte ich mich sofort bereit. Bruder Ishmael war mir zu tiefst dankbar und wir brachen umgehend auf, nachdem ich all meine Habseligkeiten gepackt hatte.

Im Nachhinein hätte ich es wie die anderen Trinker im Cthulhu Inn machen sollen, aufschauen, aufstoßen und weiter saufen, ohne sich der Probleme anderer anzunehmen. Unter Umständen wäre mir dann ein Leben in dieser Hölle erspart geblieben...

Das Unwetter hatte an Intensität noch einmal zugenommen und die porösen Scheibenwischer hatten größte Mühe die auftreffenden Wassermassen von der Windschutzscheibe zu schippen. Wir folgten der einzigen schlecht geteerten und von dutzenden, altmodischen Gaslampen beleuchteten Straße aus Martins Beach heraus, als wir nach wenigen Minuten an die Abzweigung Richtung Arkham kamen. Bruder Ishmael bog jedoch gen Norden ab, dort entlang wo auf dem Straßenschild noch immer die Worte „Dead End" in dicken Lettern über den einstigen Ortsnamen gemalert sind.

Ein Gefühl von lähmender Beklemmung breitete sich in mir aus, als die dicken Regenwolken plötzlich abzogen und der gigantische Vollmond sich langsam dahinter hervor schob, der die Welt in ein aschgraues, Krematoriums-gleiches Licht tauchte. Der Boden unter unseren Reifen war glitschig und ich versuchte vergebens eine Straße ausfindig zumachen, während wir in das unnatürlich nass triefende Marschland einfuhren, indem es nichts weiter gab als grotesk erwachsene, schemenhaft düstere Gebilde, deren einstige Bedeutung man nur noch erahnen konnte. Hier und dort waberten geisterhafte Nebelschwaden über der schlammigen Oberfläche und zerfaserten dann irgendwo im Nirgendwo das unendlich in die Unendlichkeit hinein zu führen schien.

Ein ums andere Mal glaubte ich, wir würden jeden Augenblick in eines dieser schmatzenden Sumpflöcher stürzen, die erst im letzten Moment aus der Dunkelheit auftauchten und sich zu alles verschlingenden Todesfallen verwandelten. Während ich unruhig auf meinem durchgesessenen, Sprungfeder-durchstoßenem Sitz hin und her rutschte, blieb Bruder Ishmael von jeglicher Gefahr unbeeindruckt. Er steuerte das Automobil sicheren Weges durch die unwirkliche Sumpflandschaft, bis wir, irgendwann weit nach Mitternacht diesem scheußlichen Chaos aus undefinierbaren Farben und Formen entkamen...

Die Umgebung rings um Casket Cove glich den sanft auslaufenden seichten Wogen eines leise dahin fließenden Haschischrausches. Das Küstenörtchen lag malerisch gelegen in einer sichelförmigen Bucht, dessen breiter, feinkörniger Sandstrand im fahlen Schein des Mondes einem diamantbesetzt funkelnden Jadeteppichs glich. Satte immergrüne, Stacheldraht-umzäunte Koppeln und Wiesen auf denen hunderte von Schafen, Rindern, Ziegen und anderes Nutzvieh weideten, rundeten das Bild von Harmonie und Idylle ab. Streuobstbäume standen in dichten Ansammlungen am Straßenrand an denen dicke Äpfel, Birnen und Pflaumen hingen und über deren Baumkronen in der Dunkelheit hunderte von Mücken kreisten.

Ich fühlte mich augenblicklich ins vorherige Jahrhundert zurück versetzt, da außer dem Automobil in dem wir saßen das gängige Fortbewegungsmittel nur aus Kutsche und Pferd bestand. Elektrizität schien es ebenfalls nicht zu geben, da aus den gusseisernen Laternen die hier überall standen, statt kaltem Stromeslicht, ein wohlig warmer Kerzenschein drang. Die Häuser stellten eine perfekte Komposition aus Holz und Stein dar und erinnerten mit ihren geschwungenen Walmdächern an das sagenumwobene Salem. Unzählige Fischerboote lagen an hölzernen Stegen, schunkelten im leichten Wellengang des Atlantiks hin und her und warteten geduldig auf ihren täglichen Einsatz.

Doch mir war auch der unterschwellige Geruch von vergammeltem Fisch nicht entgangen, der schwer und Lungen-zersetzend in der Luft waberte und mich augenblicklich aus meinen Schwärmereien zurück auf den Boden der Tatsachen holte.

Ich bezog eine kleine, ganz aus Holz verkleidete Dachkammer in Bruder Ishmaels Haus, in der es nichts weiter gab, als ein Bett, ein seltsam verzerrtes Bildnis Jesu Christi und einen alten Waschzuber, der zur Hälfte mit kaltem Wasser gefüllt war.

Ursprünglich hatte ich mir vorgenommen schon heute mit meinen Ermittlungen zu beginnen, doch der wohlig warme Rausch des Alkohols, gepaart mit unsagbarer Müdigkeit, ließen mich auf der Stelle einschlafen, just in dem Moment, als ich mich auf das Bett legte.

Ich wurde durch lautes Türklopfen und verzweifeltem Geschrei augenblicklich aus meinem verstörenden Fiebertraum-artigen Schlaf gerissen, dessen Zerrbilder noch für wenige Sekunden in der Realität nachhalten, als sich die Gesichter der 5 in meine Kammer stürmenden Gestalten, zu hässlich entstellten Fratzen verformten, deren Haut sich zu verflüssigen und wachsartig auseinander zu fließen schien.

Ich rieb meine verquollenen Augen und wurde schon in nächster Sekunde mit der erschreckenden Wahrheit konfrontiert, denn es war erneut ein Säugling auf mysteriöse Weise verschwunden.

Das Bettchen der kleinen Abbey wies keinerlei Anzeichen von Gewalteinwirkung auf. Es gab weder Blut noch andere Körpersäfte, die darauf schließen ließen, dass das Mädchen getötet wurde. Ein penetranter, kaum auszuhaltender Geruch von vergammeltem Fisch schwängerte jedoch die ohnehin schon stickige Luft im Zimmer der kleinen Abbey, der einem das Atmen schier unmöglich machte.

Im gesamten Haus waren alle Fenster und Türen fest verschlossen, so dass ein Eindringen von außen her ausgeschlossen werden konnte. Lediglich eine in der Vorratskammer befindliche ca. 6 Inch breite Lüftungsluke stand einen Spalt weit offen, durch die sich allerdings kein menschliches Wesen hätte hindurch zwängen können. Ich war ratlos und enttäuscht zugleich, denn all meine weiteren Untersuchungen blieben erfolglos.

Doch wie ich so da stand und sich die ersten goldglänzend, wärmenden Strahlen der aufgehenden Morgensonne in die enge Gasse hinein schoben, fiel mir plötzlich etwas auf. Unter der zur Straßenseite geöffneten Lüftungsluke des Hauses der kleinen Abbey erkannte ich eine Art Rune, die kaum merklich in das marode Holz geritzt war. Langsam schritt ich die Gasse entlang und untersuchte alle an den Häusern befindlichen Luken auf etwaige Markierungen. Doch trotz intensiver Suche fand ich nichts.

Also ließ ich mir eine Karte des Dorfes geben und sämtliche Häuser markieren, aus denen Säuglinge und Kleinkinder bislang entführt wurden, mit dem Ergebnis, dass all jene Luken ebenfalls mit diesen merkwürdigen Runen gekennzeichnet waren. Anschließend sollte man mir die Häuser kenntlich machen, in denen Neugeborene, Säuglinge und Kleinkinder bis einschließlich 3 Jahren lebten, genau die Zielgruppe, die ins Beuteschema des Täters passte. Erneut schritt ich durch die engen Gassen des Ortes in dem der Schrecken wandelte und untersuchte alle Lüftungsluken der in Frage kommenden Häuser und Hütten.

Die Sonne versank bereits wieder am Horizont, inmitten des endlosen Ozeans und warf ihre schillernden Sonnenstrahlen auf das kleine Küstenörtchen, wo sie mit den langen gespenstischen Schatten der Gebäude verschmolzen und die Welt in ein diffuses Zwielicht tauchte, als ich endlich fündig wurde.

Das letzte Haus rechts vom Pier gelegen, war das einzige, das unter der Lüftungsluke eine Markierung aufwies und aus dessen Inneren noch immer das Geschrei eines Kleinkindes drang.

…nun wusste ich, wo der Täter als nächstes zuschlagen würde. Ich ging zurück in meine Dachkammer und bewaffnete mich. Anschließend bezog ich in einem günstigen Versteck Stellung, von dem aus ich das gekennzeichnete Haus perfekt im Blick hatte und nicht zu entdecken war.

Mit Einbruch der Dunkelheit kam die Kälte. Ein eisiger Wind der vom Meer her rührte fuhr mir unter die Kleidung, der mich augenblicklich erstarren ließ. Ich kauerte mehrere Stunden in meinem Unterschlupf und wartete. Immer wieder nickte ich ein, konnte eine Tiefschlafphase jedoch jedes mal abwenden. Es war bereits 3Uhr morgens, als der widerwärtig fischige Gestank plötzlich ins Unermessliche wuchs und sich eine knochige, buckelig wandelnde und in eitrige Lumpen gehüllte Gestalt vollkommen lautlos, vom Atlantik her kommend, auf das zu observierende Gebäude zu bewegte.

Meine Nerven waren bis zum Zerreißen gespannt und ich wagte mich nicht zu bewegen als die Gestalt plötzlich inne hielt und erstarrte. Sie stand minutenlang einfach nur da und regte sich nicht. Es schien, als lausche oder schnüffele sie in die Nacht hinein.

Mein Herzschlag ging schnell und Brustkorb-durchstoßend. Und dann blieb mir beinahe der Atem im Halse stecken, während ein unsagbares Grauen von mir Besitz ergriff, als der leblose Blick dieses Dinges da im Dunkeln auf mich traf. Ich starrte in eine hässliche fischfroschige Fratze die keinerlei Daseinsberechtigung hatte. Ihre großen, leeren Augen, das ausgefranste mit zerfledderten Barten gespickte Maul und die unnatürlich hochgezogene Stirn, die nach hinten hin zu Quallen-artigen Tentakeln zerfloss, brachten mich beinahe um den Verstand.

Dann wandte sich die hässliche Missgeburt unerwartet ab und eilte schnellen Schrittes davon. Ich wollte sie zuerst stellen, entschloss mich jedoch ihr unbemerkt zu folgen, um heraus zu finden wo sich ihr Unterschlupf befand und ob es etwaige Mittäter gab.

Wir verließen Casket Cove in südlicher Richtung, dort wo der feine Sandstrand langsam grobkörniger wird, um sich dann in nackten, schroffen Fels zu verwandeln.

Es war ein bizarrer Anblick aus schweren Farben und schmutzig strahlendem Mondeslicht der mich den gesamten Weg über begleitete, als ich mich zwischen den großen Gesteinsbrocken hindurch zwängte und der Schlamm unter meinen Füßen wie zäh klebriges Motorenöl anschwoll, so das ich ernsthafte Probleme hatte dem Flüchtigen zu folgen, der sich nahezu unbeschwert durch diese Steinlandschaft hindurch aalte. Ich folgte ihm mehr als eine Stunde durch diesen Algen-durchzogenen, Schlick-schlammigen Alptraum, von dem ich immer wieder das Gefühl hatte, er würde mich jeden Moment in die Tiefe und damit direkt in die Hölle reißen.

Der Schein der aufkommenden Morgenröte war anfangs nichts weiter als der verzweifelte Hilferuf einer sterbenden Sonne, die vergebens versuchte ihre verkümmerten Strahlen durch die finsteren, vom Atlantik her aufziehenden und zügellos voran gepeitschten Gewitterwolken hindurch zu werfen. Doch als sie endlich in einer einzigen gigantischen Lichtsäule durch die dicken Wolken brachen, waren die Strahlen GEWALTIG und BROM-FARBEN.

Ich blickte in den Himmel, in diesen unheilvoll, träge rotierenden, Malstrom-artigen

Schlund der mich aufzusaugen schien und die Welt in ein gottgleiches, orchestrales Licht tauchte, das mir zugleich das Blut in den Adern gefrieren ließ, da ich das nahende Unheil bereits tief in mir verspürte und die Dunkelheit auf mich zu kommen sah.

Der Aufstieg vom morastigen Marschland hin zur Kiefern-bewaldeten Steilküste kostete viel Kraft. Ein ums andere Mal musste ich inne halten und nach Luft ringen, da das Vorankommen zur Qual wurde und die brüchigen Zweige der Wurm-durchstochenen Bäume mir tiefe Schrammen und blutende Wunden zufügten. Es war mir jedoch trotz all der Strapazen gelungen mein Ziel nicht aus den Augen zu verlieren, denn dieses Inzest-artige ETWAS war noch immer in greifbarer Nähe.

Mehr als eine Stunde war bereits vergangen, in der wir uns durch dieses krüppelig, Nadelholz-gespickte Chaos aus wirr gekritzelten Linien, diabolisch tanzenden Schatten und flimmernden Farben gezwängt hatten, als sich hinter all den Bäumen, nahezu zyklopisch erwachsend, ein gradlinig stählernes Konstrukt in den lodernden Himmel hinein schob.

Ein stetig anschwellendes, erdrückendes Brummen hatte sich über das monotone

Rauschen des Meeres gelegt, das meinen Körper in heftigen Fieberschüben durchfuhr. Ich hatte augenblicklich das Gefühl nur zeitverzögert voran zu kommen und die dicht an dicht stehenden Kiefern, die mich unentwegt befingerten verwuchsen vor meinen Augen zu viel zwittrigen Chimären meines gemarterten Geistes.

Mit letzter Kraft versuchte ich mich aus dem Holzgeflecht heraus und in die Freiheit zu zwängen. Doch dann hielt ich inne und erschauderte, denn vor meinen Augen erwuchs ein gewaltiger, morbide anzusehender Leuchtturm, der bis weit in den matt orange pulsierenden Himmel hinein stieß. Aus der Befeuerungskammer an seiner Spitze drang der perfide, rot-stichige Schein einer flimmernden, Augapfel-förmigen Zygote, deren abgestrahltes Licht nicht aus dieser Welt zu stammen schien.

Doch was mich viel mehr in Angst und Schrecken versetzte, war die Tatsache, dass sich dutzende dieser, in Lumpen gehüllten, widerwärtigen Gestalten aus allen der Landseite zugewandten Himmelsrichtungen auf den Leuchtturm zu schoben. Sie hielten kleine Stoffbündel in ihren langen, knochigen Händen fest umschlossen, aus denen die erstickenden Schreie, Neugeborener und Kleinkinder drangen.

Eine lähmende Ohnmacht überkam mich, die ich nur unter größter Anstrengung abzuwenden vermochte. Mit weit aufgerissenen Augen und von unsagbarer Furcht erfüllt, musste ich mit ansehen wie sich diese hässlichen DINGER in lethargischen Bewegungen immer weiter auf die Leuchtturmpforte zu bewegten. Das Brummen, der fischige Gestank und das blutrot lodernde, aus der Befeuerungskammer stammende Licht fanden in diesem Moment den Höhepunkt größter Intensität.

Ich glaubte der Himmel stürze auf mich nieder, während der Boden unter meinen Füßen faserig zerfloss und die Welt ins wanken geriet, als die Leuchtturmpforte wie von Geisterhand aufschwang und sämtliche Kreaturen im Inneren dieses stählernen Schlotes verschwanden. Dann schlug die Pforte plötzlich mit einem lauten Knall zu und der Spuk fand ein jähes Ende.

Eisig frierend, vollkommen benommen und von unkontrolliert zuckenden Bewegungen begleitet stand ich da, unfähig einen klaren Gedanken über das eben erlebte zu fassen. Erst nach einigen Minuten, die mir wie eine Ewigkeit erschienen, löste ich mich aus dieser lähmenden Beklemmung, um als erstes festzustellen, das ich mich vor Entsetzen eingenässt hatte.

Ich hätte augenblicklich umkehren und diesen gotteslästerlichen Ort sofort verlassen sollen, der dem Wort „Hölle" eine völlig neue Bedeutung gab. Doch es war die Neugier menschlichen Daseins, in Kombination mit heroischem Tatendrang der mich dazu veranlasste diesen immerwährenden Alptraum zu betreten, der fortan meine Profession darstellen sollte.

Geistesabwesend, nahezu fremdbestimmt, wurde ich regelrecht aus meinem Versteck heraus und in Richtung Leuchtturm gesaugt, der mich anzog wie das Licht die Motten. Ich öffnete die Pforte einen Spalt breit und zwängte mich hindurch. Es dauerte kurz bis sich meine Augen an die Dunkelheit gewöhnt hatten. Doch im Nachhinein wäre mir lieber gewesen, sie hätten es niemals getan.

Eine unnatürlich drückende Schwüle gepaart mit fischigen Ausdünstungen und Faulgasen machten jeden Atemzug zur Qual. Der Boden war von grün glitschigem Schleim bedeckt und aufgequollener Fischlaich in wulstig, Ei-förmigen Ansammlungen, in denen unförmige Gebilde in einer undefinierbaren Flüssigkeit umher trieben, klebten nass triefend und Fäden-ziehend an Wand und Decke.

Mit vorgehaltener Pistole wagte ich den Aufstieg und folgte der bereits stark korrodierten Wendeltreppe in unbekannte Höhen. Und obwohl es stetig aufwärts ging, hatte ich das seltsame Gefühl in nautische Tiefen hinab zu steigen. Mit jeder Stufe die ich erklomm verlor ich eine Sekunde meines Lebens, eine Minute, eine Stunde….

…und es mochten bereits Äonen vergangen sein, als ich endlich die Befeuerungskammer des Leuchtturms erreichte. Dort standen sie nun, ein schlichtes Altar-ähnliches Becken schwärzester Flüssigkeit umreiht, ihren Götzen huldigend. Ekelerregende Kreaturen, erwachsen aus der niederträchtigsten Vorstellungskraft eines Opium-vergifteten Verstandes.

Ich sehe sie noch immer vor mir, diese missgestalteten Ausgeburten der Hölle, deren Höllen-haftes Antlitz, gottgleiche Züge trugen.

Schockiert musste ich mit ansehen wie sich diese Dinger in einer einzigen abartigen Orgie, unter widerwärtigen Lauten, in unkontrollierten Schüben gegenseitig belaichten, ihre Ergüsse auf Säuglingen und Kleinkindern verteilten, um ihnen anschließend die Kehle zu durchtrennen und ihre Leiber in unheiligem Wasser zu ertränken, in dem sie nacheinander unter erstickendem Gurgeln und Blubbern verschwanden.

Ich wollte aus meiner Deckung springen und diese Viecher augenblicklich allesamt erschießen, als mich plötzlich etwas Schraubstock-fest im Nacken packte, entwaffnete und dann gewaltsam voran auf das Wasserbecken zu schob, im dem sich unförmige Schemen eines namenlosen Grauens unter der unheilvoll kräuselnden Oberfläche abzeichneten.

Jegliche Bemühungen frei zu kommen blieben erfolglos. Und das Letzte was ich in meinem jämmerlichen Leben zu sehen bekam, waren die hässlich verzerrten, schadenfroh drein glotzenden Fischfratzen, denen die pure Boshaftigkeit aus den Augäpfeln quoll.

Dann schloss ich meine Augen und holte im letzten Augenblick so tief Luft wie ich konnte, bevor mein Kopf auch schon die Wasseroberfläche durchschlug. Ich zappelte und trat wild um mich, was jedoch zur Folge hatte, dass sich der Sauerstoff in meiner Lunge nur noch schneller aufbrauchte. Und nun wurde mir schlagartig bewusst, dass ich diesem Alptraum nicht mehr entkommen würde, der mit jeder weiteren Sekunde zu nur noch größerer, unausweichlicher Qual heran schwoll.

Von Todesangst getrieben riss ich die Augen auf und schrie so laut ich konnte sämtliche Verzweiflung aus meinem Leib heraus, bis alle Luft aus meiner Lunge gewichen war und ich unweigerlich einatmen musste. Der eiskalte Sturzbach-gleiche Fluss des eindringenden Wassers flutete meine Lunge binnen weniger Atemzüge. Ich spürte das allgegenwärtige Nichts auf mich zu rasen und ich fühlte wie mein gesamter Leib langsam zu sterben begann. Dann zuckte er noch mehrmals unkontrolliert und ich versank in den tiefsten Untiefen einer nackten, alles-verschlingenden Finsternis, die mich fest umklammerte, mir den letzten Lebensfunken raubte, um mich dann als eine Geißel der Hölle, schleimig fischig wieder auszuspucken…..

…und nun wo sich dein Bewusstsein verändert, soll es nichts weiter verspüren als Hunger. Unersättlichen Hunger. Auf das dein Gefängnis, dein gallertartiges, fischiges Geflecht endlich aufplatzen möge und du zu fressen vermagst. Mit jeder Minute die dein Leib mutiert soll dein Verlangen nach frischem Fleisch immer größer werden. Und bald mein

Bruder, bald wird es soweit sein, bald wird sich dein Gebärmutter-gleicher Laich erbrechen und du mögest ins Paradies eintreten. So falle in Scharen in die Dörfer und Städte der Menschen ein und nehme ihnen das Kostbarste was sie besitzen. Ihre dreckige Ausgeburt, die sie „Nachwuchs" nennen. Darum vernichte sie alle in biblischen Ausmaßen größter Verdammung, solange, bis ihre widerwärtige Art zur Gänze ausgerottet ist. Denn der Tag des jüngsten Gerichtes, oh du mein Bruder, steht kurz bevor…

Aus dem Necronomicon, Bruder Ishmael, 2.Gesang, Aufstieg der Hölle

Seitdem ich mich erinnern kann, drücken dicke, schwere Gewitterwolken in grotesken, furchteinflößenden Formen bis tief in die Stadt hinein, die den Himmel in ein unheilvoll pulsierendes Totenlicht tauchen. Ich habe Angst vor diesen zyklopisch erwachsenen Auswüchsen und was in ihnen lauert. Denn sollten diese unförmigen, Regengeschwängerten Gebilde irgendwann einmal aufplatzen, dann werden sie sich in Form eines Sintflut-artigen Infernos biblischen Ausmaßes über uns ergießen und alles und jeden mit sich in die tiefsten Eingeweide der Hölle reißen.

All-umschlingender, gespenstisch wabernder Dunst hängt wie ein Leichentuch in den Straßen und Gassen und drückt einem unaufhörlich aufs Gemüt.

Stinkende, blass-bläulich schimmernde Abgaswolken Altmodischer Automobile aus dem vorherigen Jahrhundert verpesten unerbittlich die Luft und pflanzen Krebsgeschwüre und andere todbringende Krankheiten in die Lungen der Menschen. Die Schlote der riesigen Fabriken stehen niemals still und prusten ihre giftigen Auswürfe in den düsteren Himmel hinein. An manchen Tagen regnet es sogar Asche, die alles unter einem dünnen Film aus Verderben begräbt und die

Welt in einem trostlosen, grafitfarbenen Licht erstrahlen lässt. Jeder Atemzug wird zur Qual und brennt wie Säure in der Kehle, bis tief in jede einzelne Bronchie hinein.

Das Wasser des Flusses ist schon lange verseucht.

Es stinkt erbärmlich und jegliches Leben ist bereits aus ihm gewichen.

Die gigantischen Wolkenkratzer, die irgendwo hoch oben in diesem dreckigen Brodem verschwinden, wirken im diffusen Zwielicht wie glitschige Tentakel und die stechenden Fallwinde die sie unaufhörlich umkreisen stimmen ein endloses Heulen an, Totengesängen gleichkommend.

Manche Leute behaupten die Einwohner seien verflucht und eine unbekannte Macht zehre von ihrer Angst, die wie eine eitrige Schwulst von Tag zu Tag weiter auswuchert und bereits damit begonnen hat Metastasen zu bilden.

Doch in Wahrheit ist alles viel, viel schlimmer. Dieser Ort hier ist ein einziger, dreckig, stinkender Moloch, der alles verschluckt was ihm zu nahe kommt und hirntot wieder ausspuckt, aus dem jedwede Liebe und alle Zuneigung herausgepresst wurde und an dessen Stelle nun Hass und Niedertracht getreten sind.

Willkommen in der Verdammnis!
Willkommen in.......

Deepest Hell

Seit einigen Wochen geht eine merkwürdige Veränderung mit den Menschen in der Stadt vor sich.
Anfangs war es nichts greifbares. Es war nur ein unterschwelliges, halb-existentes Gefühl, das sich jedoch langsam aber stetig wie ein Virus ausbreitete und die Menschen befiel.
Immer häufiger kam es zu nächtlichen Übergriffen, in denen die Opfer übel zugerichtet wurden und deren Leiber über und über von tiefen Bisswunden überzogen waren. Und dort wo sich diese hässlichen Abdrücke auf der Haut zeigten, trat eine ungemein schnelle und Übelkeit-erregende, faulig stinkende Verwesung ein, während das umliegende Fleisch davon völlig unberührt blieb. Es hatte den Anschein, als hätte irgendjemand oder irgendetwas im Zustand größter Ekstase seine Zähne in die Körper der Opfer geschlagen und versucht Haut und Gewebe heraus zu reißen, nach unzähligen

erfolglosen Versuchen jedoch davon abgelassen. Die Wunden waren tief, jedoch keineswegs tödlich und dennoch erlagen die Betroffenen bereits nach wenigen Minuten unter größten Qualen ihren Verletzungen.

Die Polizei steht nach wie vor, vor einem Rätsel.

Es war der 31.Oktober 1927 als ich in die grauenvollen Ereignisse verwickelt wurde.

Ich hatte vor einigen Wochen meine Arbeit verloren und war dadurch vollkommen aus der Bahn geworfen worden. Nächtelang lungerte ich in irgendwelchen dubiosen Bars und Kneipen herum und betrank mich bis zur Besinnungslosigkeit. Ein ums andere Mal erwachte ich in irgendeiner dreckigen Hinterhofgasse, überzogen von Unrat und Erbrochenem. Das Geld für die Miete reichte nur noch wenige Wochen und jegliche Bemühungen neue Arbeit zu finden blieben ohne Erfolg.

Die Lage war aussichtslos und ich sah nur noch einen einzigen Ausweg. Ich würde mich besaufen und dann von irgendeinem Wolkenkratzer in die Tiefe stürzen.

Nach einer Flasche billigen Fusels war ich bereits so umnachtet, dass ich kaum noch geradeaus gehen konnte. Die Welt geriet zuerst schwerfällig und Malstrom-artig ins Rotieren, um sich nach wenigen Minuten in ein einziges Chaos aus grotesken, wild kreiselnden Zerrbildern und ineinander verlaufenden Linien und Formen zu verwandeln. Ich stolperte vollkommen orientierungslos durch die Straßen der Stadt, unfähig einen klaren Gedanken zu fassen und meinen ursprünglichen Plan in die Tat umzusetzen. Letzten Endes überwältigte mich der immer stärker werdende Rausch des Alkohols, der mir so hart zusetzte, dass ich irgendwann das Bewusstsein verlor.

Ich trieb in unbekannten nautischen Tiefen, begleitet von schmierigen Farben, unheimlichen Klängen, krankhaften Gedanken und scheußlichen Kreaturen, erbohren in den finstersten Abgründen meines, aus den Fugen geratenen, Verstandes. Verzerrte Stimmen drangen in mein Ohr, die ich anfangs nicht zuordnen konnte, nach und nach jedoch einen Sinn ergaben und mich zuletzt zum Aufwachen bewegten.

Eine hagere, hochgewachsene Gestalt von bleicher Erscheinung, der etwas kränkliches innewohnte, schob sich schlecht schraffiert und nebulös in mein Blickfeld hinein und beugte sich dann langsam zu mir hinunter.

Anfangs war ich vollkommen desorientiert und hatte keine Ahnung wo ich hier überhaupt war. Doch dann kam die lähmende Ernüchterung, dass ich mich auf einem Friedhof befand, auf irgendeinem Grab liegend. Eingenässt und durchfroren.

Als die fahle Gestalt wissen wollte, was ich zu so später Stunde hier suche, erwiderte ich die Frage und der Fremde gab mir zu verstehen, dass er mich schon seit längerer Zeit beobachtet habe, wie ich vollkommen geistesabwesend und sichtlich betrunken einen geeigneten Platz zum Schlafen gesucht hätte.

Er bot mir seine Hilfe an und bat mich, ihm zu folgen. Sein Kleintransporter stünde direkt vor den Friedhofsmauern und er würde mich sogleich nach Hause fahren, damit ich dort meinen Rausch ausschlafen könne.

Mir war nicht wohl bei der Sache und ich verspürte ein aufkommendes Unbehagen.

Dennoch willigte ich ein, da ich mich elend fühlte und am gesamten Leib vor Kälte und Entzugserscheinungen zitterte.

Es blieb mir also keine andere Wahl als der bleichen Gestalt zu folgen, die bereits langsam im allgegenwärtigen Dunst, Phantom-artig verschwand.

„Charlies Fleisch Fabrik" stand in dicken Lettern auf dem schmutzigen Kleintransporter, der seine besten Tage schon hinter sich gebracht hatte. Die Radkappen waren verrostet, die Türen verbeult und der Lack an einigen Stellen bereits zur Gänze abgeblättert.

Mit mulmigem Gefühl setzte ich mich in das Gefährt, dessen Sitze ausgesessen und von spitzen Sprungfedern durchzogen waren. Es roch muffig, beinahe dem Geruch von Verwesung gleich, hier im Inneren der Fahrerkabine. Der Fremde bemerkte mein Ekel und Misstrauen, beruhigte mich jedoch umgehend und erklärte mir, dass dies der übliche Geruch eines Fleischtransporters sei.

Es läge am geronnenen Blut, der diesen eisenhaltigen, muffigen Geruch hervor rief. Deshalb sei es wichtig stets die Kühlkette einzuhalten, damit das Fleisch nicht verderbe.

Als ich ihn fragte um welche Art Fleisch es sich handele und woher es stamme, lächelte er breit und gab mir zu verstehen, dass es etwas ganz besonderes aus regionaler Haltung sei.

Dabei entging mir nicht, wie sich unnatürlich grünlicher Speichel im Mundwinkel des

Fremden bildete und sein Blick mit einem Mal merkwürdig lüstern wurde.

Er fing sich allerdings schon im nächsten Augenblick und erkundigte sich nach den Umständen, die mich in meine missliche Lage gebracht hatten. Nur widerwillig gab ich Auskunft, da meine privaten Probleme schließlich niemanden etwas angingen. Doch mit jedem Wort merkte ich, das ein Teil meiner Last von meinen Schultern fiel.

Und so konnte ich einen Freudenschrei nicht unterdrücken, als der Fremde, der sich mir als „Lester Casket" vorstellte, vorschlug, bei seinem Boss ein gutes Wort für mich einzulegen. Erst gestern habe ein Mitarbeiter gekündigt, für den man nun Ersatz suche. Wenn alles glatt ginge, würde mich Lester schon heute am späten Nachmittag zur Nachtschicht abholen, da diese besser bezahlt sei.

Ich müsse nichts weiter tun, als gegen 5Uhr Nachmittags vor meiner Wohnung auf der Straße auf Lester zu warten und Ausschau nach seinem Kleintransporter zu halten. Er würde mich dann einsammeln und zu Charlies Fabrik fahren.

Nachdem ich ein paar Stunden geschlafen hatte, fühlte ich mich trotz des Vollrausches erholt und ausgeschlafen. Den gesamten Tag über war ich aufgeregt und konnte mein Glück noch gar nicht recht fassen.

War alles erlebte doch nur ein Traum gewesen?
Ein Hirngespinst meines Alkohol-zerfressenen Verstandes?

Alle Selbstzweifel waren jedoch wie weggefegt, als sich, mit einigen Minuten Verspätung, der Kleintransporter tatsächlich wie aus dem Nichts heraus, aus dem feucht-klammen Nebel schob.

Doch im Scheine alter Gaslaternen vor denen dreckige Dunstfetzen in hässlichen Gebilden tanzten, erschien der Transporter nun nicht mehr wie ein normales Fortbewegungsmittel, sondern wie ein namenloses Grauen, das bereits die Pforte zwischen Dies-, und Jenseits durchquert hatte. Die Scheinwerfer glotzten böse drein und fraßen hohle Lichtkegel in die aufkommende Dunkelheit.
Ein eisiger Schauer rann meinen Rücken herab, als das Gefährt schwerfällig und unaufhaltsam auf mich zu rollte. Die

Kühlerhaube wirkte wie das Maul einer gewaltigen Bestie, dessen klobiger Körper nach hinten hin pilzförmig auswucherte und der Schriftzug nahezu bluttriefend daran zähflüssig herunter lief.

Ich atmete einmal tief durch und zu meiner Erleichterung verschwand die Mär augenblicklich vor meinen Augen. Sie wich einer befreienden Ernüchterung, als Lester mir die Beifahrertür öffnete und ich Platz nahm. Der muffig, modrige Geruch war vollkommen verschwunden. Anscheinend handelte es sich heute um eine Leerfahrt und diente nur zu dem Zweck mich abzuholen.

Wir folgten der Hauptstraße für mehrere Meilen, überquerten dann den Fluss und kamen plötzlich in eine Gegend, die mir völlig unbekannt war, obwohl ich bis zum heutigen Tag geglaubt hatte, jeden Stadtteil Deepest Hell's zu kennen. Die mehrgeschossigen, Backstein-gemauerten Wohnblöcke, aus deren Fenstern dimmer Kerzenschein drang, wirkten wie ein Relikt aus längst vergangenen Tagen. Die Straße war uneben, Kopfstein-gepflastert und von unzähligen Schlaglöchern durchzogen. Die altmodischen Gaslaternen aus deren Gehäusen leises Zischen drang, spendeten nur unzureichend kaltes Licht, das im verwaschenen Schein des Nebels irgendwo in der Dunkelheit zerfaserte.

Unsere Fahrt führte uns durch ein wirres Geflecht aus Straßen, vorbei an stillgelegten Fabriken, verlassenen Häusern, finsteren Kirchen und passierten unheimliche, halbzerfallene Gemäuer unbekannten Zwecks, bis wir, nach gut einer halben Stunde, in der mein Unbehagen immer weiter anschwoll, endlich „Charlies Fleisch Fabrik" erreichten; ein schlichter, rechteckiger, aus Wellblech zusammen geschweißter Bau im typischen Lagerhausstil, der sich langsam, düster und drohend aus der Dunkelheit heraus schälte.

Das gesamte Gelände war von einem hohen Stacheldrahtzaun umgeben und wirkte im ersten Augenblick auf mich verstörend, da es eher an einen Hochsicherheitstrakt eines Gefängnisses erinnerte, als an eine Fleischfabrik.

Dutzende Kleintransporter standen an unzähligen Toren und warteten auf ihren Einsatz.

Wir passierten die Sicherheitskontrolle und parkten das Gefährt an einem leerstehenden Rolltor, das Lester augenblicklich öffnete.

Ein Schwall abgestandener, stickiger Luft drang aus dem Inneren der Fabrikhalle und

149

grelles Licht stach in meinen Augen, gepaart mit lautem Klappern und Rasseln unterschiedlichster Förderbänder, an denen die Mitarbeiter in weißen Kitteln mit Haube und Mundschutz standen und das Fleisch verarbeiteten.

Für den Anfang wollte man mich nicht überfordern und sehen wie ich mich einarbeitete. Daher übertrug man mir vorerst die simple Aufgabe eines „Einschweißers".

Und so wurde ich allabendlich von Lester abgeholt und stand fortan Nacht für Nacht an meinem mir zugewiesenen Posten und folierte Fleisch ein, bevor es in die Umverpackung kam, auf dessen Banderole der Schriftzug der Fabrik aufgedruckt war, sowie das Logo der Firma, welches Charlies breit-grinsendes, aufgedunsenes Gesicht zeigte, auf dessen Kopf ein geschwungener Fedora Hut saß und in dessen Mundwinkel eine dicke Zigarre steckte.

Ich stellte keine Fragen und übernahm jede Arbeit die man mir übertrug. Ich lernte das Fleisch zu wiegen, zu schneiden, zu würzen, wie man es ordnungsgemäß in die unterschiedlichen Frachtkörbe packte und nach Kunden sortiert in die einzelnen Kleinlaster lud. Schnell gewöhnte ich mich an jedem einzelnen Posten ein. Doch woran ich mich nicht gewöhnen konnte war der Geruch und das Aussehen des Fleisches. Es war von leicht grünlicher Farbe, beinahe so, als sei es bereits schlecht und roch irgendwie anders, als alles Fleisch was mir bislang unter die Nase gekommen war. Es roch irgendwie nach Tod, schmeckte jedoch hervorragend. Egal ob gekocht, gebraten, gebacken oder anderweitig verarbeitet, ich konnte davon nicht genug bekommen. Joe der Küchenchef war eine wahre Koryphäe und zauberte das Beste Kantinenessen der gesamten Stadt.

Ich hatte hier in dieser Arbeit meine Bestimmung gefunden und sog alles auf, was man mir erklärte und lehrte, zumal ich dadurch den Irrsinn der in Deepest Hell tobte völlig vergaß. Während die Übergriffe in der Stadt nicht abrissen und die Polizei weiterhin völlig im Dunkeln tappte, stand ich an meinem Fließband und ging meiner Profession nach, bis mir irgendwann bewusst wurde, dass ich nach wie vor keine Ahnung hatte, welches Fleisch hier überhaupt verarbeitet wurde, warum es solch eine merkwürdige Färbung hatte und woher es eigentlich stammte. Und als ich mir die Sache irgendwann genauer überlegte fiel mir auf, dass ich noch nicht einmal wusste wo das Fleisch vor zerlegt, die Innereien hinkamen und die Knochen entsorgt wurden. Es wurde bereits in mehr oder weniger gleich großen Stücken über ein Fließband unserer Halle zugeführt. Ich wusste alles über die letzten Produktionsschritte bevor es in den Verkauf ging, doch nichts über die Anlieferung oder die Grobschlachtung.

Als ich begann Fragen zu stellen, wich man diesen aus, stellte sich dumm oder gab vor, mich gar nicht erst zu verstehen. Natürlich sprach sich meine Neugier schnell herum und man betrachtete mich fortan mit Argwohn und Misstrauen. Von nun an ächteten meine Kollegen mich und es dauerte keine 3 Tage bis Lester, dem die Position eines Vorabeiters bekleidete zu mir kam und mich eindringlich darauf hin wies, dass Fragen jeglicher Art unerwünscht seien. Schließlich habe man sich landesweit ein Monopol aufgebaut, was diese spezielle Fleischsorte betraf und wenn das Firmengeheimnis an die Öffentlichkeit gelänge, würde man diese Vormachtstellung sehr schnell verlieren.

„Es sei noch nicht an der Zeit, bis man mich in dieses Geheimnis einweihe. Noch nicht", erklärte Lester und blickte mir dabei eindringlich in die Augen. Ich sei ein erstklassiger Mitarbeiter, deswegen sehe man noch einmal davon ab mich zu entlassen.

Doch ich wusste genau, dass das Vertrauen gebrochen war. Ich wurde vorübergehend „degradiert" und dazu abgestellt die Fahrzeuge von innen zu säubern.

Es war eine undankbare und schweißtreibende Arbeit, zumal ich nicht die Kleintransporter die für die Auslieferung bestimmt waren säubern musste, sondern die großen Laster, die die getöteten Tiere anlieferten.

Und diese stanken bestialisch und Würgreizerregend. Undefinierbare, bereits braun geronnene Flüssigkeiten klebten an Wänden und Böden und ich fragte mich allen ernstes wie dieses Fleisch, das so wohlschmeckend und bekömmlich war, bei der Anlieferung bereits so vergammelt und gegoren riechen konnte, ohne dass es krank machte. Ich bekam nie ein Tier zu Gesicht und langsam war ich mir auch gar nicht mehr so sicher ob ich das überhaupt wollte.

Ein ums andere Mal war ich kurz davor aufzugeben und zu kündigen. Doch dann würde ich erneut alles verlieren.

Und manchmal kamen ja auch Lastwägen, die gar nicht mal so übel rochen und das Säubern mit Stahlbürste und Schwamm ein leichtes war. Zudem hielt ich mir immer wieder vor Augen, das ich nur lange genug durchhalten müsse, um mein Vertrauen und die Loyalität wieder zurück zu erlangen.

Doch dazu sollte es nicht mehr kommen.

In jener Nacht, in der das Grauen seinen Lauf nahm war ich vollkommen erschöpft. Ich hatte kaum geschlafen und wurde von grauenvollen Alpträumen heimgesucht, als hätten sie das bevorstehende Unheil bereits wie dunkle Vorboten herauf beschworen.

Die Arbeit wurde zur Qual. Jede einzelne Bewegung schmerzte und als ich weit nach Mitternacht meinen letzten Laster gesäubert hatte, schwanden mir die Sinne und eine lähmende Ohnmacht ergriff von meinem Geist Besitz, ehe ich aus dem Gefährt taumeln und mich bemerkbar machen konnte.

Unsanft wurde ich aus meinen wirren Träumen geweckt, als plötzlich ein Ruck durch das Fahrzeug ging und ich gegen die Hecktüren geschleudert wurde. Schlagartig gelangte ich wieder zu vollem Bewusstsein.

Ich lag in völliger Finsternis, umgeben von beißenden Ausdünstungen der Reinigungsmittel und dem subtilen, niemals schwinden wollenden Geruch geronnenen Blutes.

Im nächsten Moment klappten auch schon 2 Türen und ich wusste genau, was das zu bedeuten hatte.

Natürlich hätte ich auf mich aufmerksam machen können, doch ich war vorsichtig geworden. Wenn man mich schon zur Strafarbeit abkommandierte, nur weil ich ein paar lästige Fragen gestellt hatte, dann wollte ich gar nicht erst wissen was man mit mir anstellte, falls man mich hier entdeckte.

Ich machte mich so klein wie ich nur konnte und presste mich in die hinterste Ecke des Lastwagens, in der Hoffnung unbemerkt zu bleiben sobald man die Türen öffnete.

Mein Herz schlug schnell und Brustkorbdurchstoßend, der Atem ging abgehackt und unregelmäßig.

Plötzlich schwangen unter lautem Quietschen die Hecktüren auf und der matte Schein der Straßenlaternen drang in vereinzelten Lichtsäulen in das Innere des Lasters. Ich wagte mich nicht zu regen und ich wagte mich nicht zu bewegen, als ich die dunklen Umrisse der beiden Gestalten erkannte, die für wenige Sekunden in der Bewegung erstarrten und zu mir herüber blickten.

Die Zeit stand still und ich glaubte entdeckt worden zu sein. Augenblicklich überkam mich ein Gefühl von Todesangst, das mich in den Zustand größter Verzweiflung versetzte. Doch zu meiner Überraschung wandten sich die zwei Gestalten ab und verschwanden in der Dunkelheit.

Ich verharrte einen kurzen Moment in meiner Position bevor ich aufsprang und flüchten wollte.

Vorsichtig spähte ich aus dem Kleinlaster heraus und musste zu meiner Verwunderung feststellen, dass wir uns am Hintereingang eines Totenackers befanden.

Eine der beiden Gestalten drückte dem Friedhofswärter ein paar Geldscheine in die Hand, der sich bedankte, verstohlen umblickte und dann wortlos davon huschte.

Mir gefror das Blut in den Adern, als ich feststellte was hier vor sich ging. Ein unsagbares Entsetzen ergriff von meinem gesamten Leib Besitz, das sich schmerzhaft in mein Rückenmark hinein fraß und meinen gesamten Körper paralysierte.

Gleich hinter der Friedhofsmauer, von außen schlecht einsehbar, lagen mehrere, in schmutzige Leinen gewickelte leblose, Körperförmige Gebilde. Sie waren lieblos zu einem wirr ineinander geschlungenen Haufen gestapelt worden und warteten nun darauf abtransportiert zu werden.

Just in dem Moment, als ich unbemerkt verschwinden wollte, blickten die 2 Gestalten erneut in meine Richtung, deuteten auf den Kleinlaster und begannen die Leichensäcke zum Fahrzeug hinüber zu hieven. Und schon im nächsten Augenblick klatschte der erste Körper auf die Ladefläche.

Ich versteckte mich hinter dem eingewickelten Leichnam und verharrte in völliger Reglosigkeit, während insgesamt 12 weitere Leiber verladen wurden. Dann schlossen sich die Türen, ein Riegel wurde davor geschoben und ich saß erneut in der Falle.

Die aufkommende Panik brachte mich beinahe um den Verstand. Ich begann zu hyperventilieren und hatte das Gefühl jeden Moment ersticken zu müssen, da sich meine Kehle mit jedem Atemzug immer weiter zu schnürte und der Sauerstoff keinen Weg mehr hinab in meine Lunge fand. Der einsetzende Schwindel kam schnell und traf mich mit voller Wucht. Mein Verstand begann mir grauenvolle Bilder in den Kopf zu pflanzen, die wie eine gewaltige Woge auf mich zu walzte und sich dann in einer einzigen Explosion infernalisch entlud.

Im Zustand größter Verzweiflung versuchte ich einen der Leichensäcke zu öffnen und den darin befindlichen Körper irgendwie heraus zu zerren. Der Knoten saß jedoch fest und es dauerte eine Ewigkeit bis ich ihn in der totalen Finsternis gelöst hatte. Mit aller Gewalt gelang es mir den stinkenden Leichnam frei zu legen und in den Sack hinein zu schlüpfen.

Nun konnte ich nur noch hoffen und beten, dass man mich nicht entdeckte. Endlose Minuten verstrichen in denen ich verzweifelt um mein Leben bangte.

Dann wurden die Hecktüren ruckartig geöffnet und das stechende Licht, Strom-geladener Lampen fiel in das Innere des Lastwagens, dessen Hydraulik mit einem Mal ansprang und die Ladefläche sich dadurch aufzurichten begann.

Durch den dünnen, gespenstischen Stoff des Leichentuches hindurch, der die Welt da draußen nun Spinnennetz-artig abpauste, erkannte ich verwaschen das Grauen, das sich mir nun in all seinem Wahnsinn zeigte. Aus dem trichterförmigen Schlund, der sich schräg unterhalb der Ladefläche des Lastwagens befand und auf den die Leichensäcke nun langsam zu rutschten, drang ein perfides Karmesin-farbenes Glühen, Höllen-gleich.

Mein Leib prallte unsanft gegen mehrere andere Leichensäcke, als wir aus dem Laster heraus fielen und über eine Metallrutsche irgendwo bis Tief in die Erdeingeweide befördert wurden, gefolgt von freiem Fall und dem Gefühl Körper-zerreißenden Schmerzes, der unmittelbar einsetzte, nachdem ich Aufschlug. Augenblicklich rollte ich mich zur Seite, befreite mich aus dem Sack und ging irgendwo blindlings in Deckung, um in der darauf folgenden Sekunde auch schon vor Entsetzen zu erstarren.

Der Irrsinn, der sich mir bot kam in heftigen Fiebertraum-artigen Schüben und drohte mich tonnenschwer zu überrollen, denn jenes was sich meinen Augen eröffnete, sprengte jedwede menschliche Vorstellungskraft.

Und ich wusste sofort, wo ich mich hier befand...

Die Verarbeitungshalle war gigantisch und glich einer gewaltigen Höhle, die man irgendwann in grauer Vorzeit in den harten, kalten Stein geschlagen hatte. Die Wände waren über und über mit Blut bespritzt und flüssiger Wachs rann in hässlichen Formen an ihnen und von den unzähligen Kerzen, in

159

denen die lodernden Dochte Dämonen-gleich tanzten, herab.

Es war unglaublich schwül und stickig hier in den Tiefen der Erde, so das ich augenblicklich zu schwitzen begann. Ein widerwärtiger Geruch von verfaultem Fleisch, fortgeschrittener Verwesung und austretenden Körpergasen und ,-säften stand schwer und kaum atembar in der rotglühenden, flimmernd heißen Luft und ließ mich mehrmals abgehackt und unkontrolliert schlucken.

An einzelnen Fließbändern standen hagere, hochgewachsene Gestalten von bleicher Erscheinung, denen etwas abgrundtief Böses innewohnte. Denn unter dieser Maskerade schimmerte wage ihre wahre Daseinsform hindurch. Hässliche Kreaturen, die keine menschlichen Züge mehr besaßen und aus den krankhaftesten Träumen eines Drogen-zerfressenden Verstandes entsprungen zu sein schienen.

Zum Glück hatten diese Dinger mich noch nicht bemerkt, da sie zu sehr in ihre Arbeit vertieft waren. Einige von ihnen trennten den frisch angelieferten Leichen die Köpfe von den Rümpfen, andere sägten diese entzwei und wiederum andere weideten sie mit bloßen Händen aus. Die Organe landeten in großen, gusseisernen Kesseln in denen man alles zu einem stinkenden Brei verkochte.

Mit großen Beilen trennte man die Gliedmaßen vom Torso und schächtete die Kadaver mit langen, spitzen Messern aus.

Ich übergab mich gleich mehrfach auf den glitschigen, blutbesudelten Boden, als mir bewusst wurde, dass ich dieses Fleisch nahezu täglich verspeist hatte.

Ohne es zu wissen war ich in die Fänge von Leichenfressern geraten, Ghoule, die hier im großen Stil das gesamte Land mit Menschenfleisch versorgten.

Und nun wurde mir auch die Verbindung zu den grausamen Mordfällen bewusst. Die Ghoule infizierten ihre Opfer, so dass die Leichen anschließend in der feucht-klammen, Wurzel-verästelten Erde für mehrere Wochen heranreifen konnten, ohne dass sie dadurch von Würmern, Larven oder anderem Getier zersetzt wurden. Anschließend grub man sie aus und brachte sie zur Weiterverarbeitung hier her, in „Charlies Fleisch Fabrik". Und jeder der von dem Fleisch kostete, würde sich früher oder später in eines dieser Viecher verwandeln, seelenlos durch die Straßen Deepest Hell's wandelnd, auf der Suche nach frischem Fleisch, das es zu verseuchen gab.

Ich fuhr herum und wollte fliehen, als mich ein harter Gegenstand mit voller Wucht am Hinterkopf traf und ich zu Boden ging. Nachdem ich wieder zu Bewusstsein kam, musste ich zu meinem Entsetzen feststellen, dass man mir meine Hände, mit dicken, rostigen Hacken durchbohrt hatte und meine Arme über dem Kopf hinweg an schweren Eisenketten mit der Decke verbunden waren.

Mein gesamter Leib war vom Oberkörper an, bis zu den Fußspitzen mit feuchter Friedhofserde bedeckt und an meinen Armen klafften mehrere tiefe Bisswunden.

„Ich solle mir keine Gedanken machen", erklärte Lester", das abgesonderte Ghoule-Gift sei mir nur in geringer Dosis verabreicht worden, so dass ich keine Befürchtung haben müsse daran elendig zu krepieren. Schließlich wolle man mir den Spaß nicht verderben...."

Seitdem kommen sie beinahe täglich, diese abartigen Leichenfresser und nähren sich von meinem langsam verwesenden Fleisch.

Ich verfaule zusehends, doch sterben kann ich nicht.

Jeder Tag gleicht nun dem Anderen.

Jeder Tag besteht nur noch aus unvorstellbaren Schmerzen und größter Agonie. Und mit jedem weiteren Tag an dem sich diese Dinger an mir vergehen, wünsche ich mir nun nichts sehnlicher, als dass die zyklopisch erwachsenen Regenwolken endlich aufplatzen und sich als Sintflut-artiges Inferno biblischen Ausmaßes über unserer Stadt ergießen, die alles und jeden mit sich in die tiefsten Eingeweide der Hölle reißen.